Marcher jusqu'au soir

DU MÊME AUTEUR

La Déclaration, Julliard, 1990, Verticales, 1997, Points n° P598

La Vie commune, Julliard, 1991, Verticales, 1999, Folio n° 4547

La Médaille, Seuil, 1993, Points n° P1148

La Puissance des mouches, Seuil, 1995, Points n° P316

La Compagnie des spectres, prix Novembre, Seuil, 1997, Points n° P561

Quelques conseils utiles aux élèves huissiers, Verticales, 1997

La Conférence de Cintegabelle, Seuil/Verticales, 1999, Points n° P726

Les Belles Âmes, Seuil, 2000, Points n° P900

Le Vif du vivant, Cercle d'Art, 2001

Et que les vers mangent le bœuf mort, Verticales, 2002

Contre, Verticales, 2002

Passage à l'ennemie, Seuil, 2003, Points n° P1252

La Méthode Mila, Seuil, 2005, Points n° P1513

Dis pas ça, Verticales, 2006

(Suite en fin d'ouvrage)

Lydie Salvayre

Marcher jusqu'au soir

Stock

Création graphique :
Atelier 25

ISBN 978-2-234-08362-2

Qu'est-ce que l'art ?
Prostitution.

Baudelaire, *Fusées*

Non, je lui ai dit non merci, je n'aime pas les musées, trop de beautés concentrées au même endroit, trop de génie, trop de grâce, trop d'esprit, trop de splendeur, trop de richesses, trop de chairs exposées, trop de seins, trop de culs, trop de choses admirables. Résultat : les œuvres entassées s'écrasent les unes sur les autres comme les bêtes compressées d'un troupeau et la singularité propre à chacune d'elles se voit aussitôt étouffée. Puis j'ai ajouté, tu vois ce qui est mal foutu dans les musées c'est que leur transition vers le dehors s'opère toujours de façon trop brutale, je veux dire sans la moindre préparation. Il faudrait aménager des passages, quelque chose comme des sas de décompression, des paliers de réadaptation au médiocre, de réaccoutumance progressive à la laideur, de

sorte qu'au sortir de cette overdose de sublime à te flanquer la nausée, sitôt le seuil franchi, le retour à la vie quotidienne si imparfaite, si grise, si moche parfois, s'opère plus en douceur, tu comprends ?
Et comme au lieu de me répondre Alina s'apprêtait à revenir sur l'intérêt de sa proposition, je lui ai redit non non et non de la façon la plus tranchée, quand je dis non c'est non, terminé, tout en cherchant dans ma tête des arguments pour me défiler, des arguments de taille, politiques si possible et difficiles à réfuter. Tu veux que je te dise, je lui ai dit, ce qui m'insupporte le plus dans les musées c'est qu'ils soutirent un prestige moral – c'est la première idée qui me vint à l'esprit – qu'ils soutirent un prestige moral d'exposer n'importe quelle chiure pourvu que cette chiure ait déclenché un scandale ailleurs, très loin, en Chine par exemple, dans un pays barbare, une dictature si possible, chez les talibans ou en Corée du Nord, et ce dans le but de démontrer patriotiquement que la liberté d'expression ne souffrait dans les musées de notre république d'aucune amputation.

Et comme je sentais Alina sur le point de m'opposer un contre-argument – je le voyais à ses yeux qui devenaient plus sombres –, j'ai enchaîné aussitôt, rassure-toi je n'aime pas davantage les lieux d'expo qui s'émoustillent à l'idée de montrer les œuvres d'autochtones délicieusement canailles, délicieusement provocantes ou délicieusement hérétiques, des œuvres de révolte quoi, des œuvres d'insoumis qui vont jusqu'à graver Fuck you en lettres de diamants, tu mesures l'audace ? des œuvres qui dénoncent spectaculairement le règne du spectacle, pornographiquement le règne du porno et blasphématoirement le règne du blasphème, des œuvres, ai-je continué en élevant la voix, des œuvres qui surenchérissent sur des stéréotypes par d'autres stéréotypes censés nous scandaliser ! Sans compter – j'ai encore haussé le ton – sans compter que les coupables de ces fausses rébellions nous prennent pour des, pour des dupes ! et j'ai fait tourner violemment la petite cuiller dans ma tasse à café.

Le projet que me proposait Alina était de passer une nuit entière, seule, au musée Picasso où se donnait l'exposition *Picasso-Giacometti.*

Il s'agissait, m'avait-elle expliqué, d'écrire un texte sur une expérience d'enfermement dans un lieu où des œuvres d'art étaient conservées. Je ne sais comment lui en était venue l'idée, mais elle y tenait, et quand Alina tenait à quelque chose, elle ne l'abandonnait pas de sitôt.

Deux jours s'étaient écoulés depuis notre conversation, et je ne cessais d'y penser. Et plus j'y pensais, plus l'expérience me semblait attirante et plus aussi elle me semblait risquée sans que je sache mettre un nom, sur le moment, au risque que j'encourrais.

Le lendemain, Alina est revenue à la charge. Mais à peine a-t-elle entrepris de m'exposer l'intérêt passionnant de son projet que je lui ai dit non, n'insiste pas, non, je t'ai déjà dit non, c'est non ni plus ni moins, désolée, je ne négocie pas avec mes convictions. Et comme je la sentais à deux doigts de réattaquer, j'ai ajouté tu sauras que je ne suis pas du genre à changer d'avis comme de culotte – il me semblait qu'être vulgaire accentuait la fermeté et la vigueur de mon refus.

Je lui ai opposé un refus d'autant plus net que mes réticences commençaient lentement à s'émousser en moi. J'ai frappé un grand coup. J'ai sorti l'argument de choc, l'argument irréfutable. Je lui ai balancé que les musées, loin d'être des lieux dans lesquels les artistes interrogeaient ce monde où le fric dictait férocement sa loi, en consacraient au contraire le principe et en tiraient profit, quand ils ne le célébraient pas, quand ils n'en étaient pas, au fond, la plus juste expression, quand ils n'en étaient pas les meilleurs VRP. Veux-tu que je te donne quelques noms de ces enfoirés ? lui ai-je lancé sur un ton de colère. Sais-tu que les crapules qui les financent et à qui rien n'échappe, à qui rien de faible n'échappe, ai-je précisé

Laisse-moi te... a hasardé Alina.

Sais-tu que ces crapules – j'ai continué imperturbable – qui se la jouent arty pour se donner une conscience immaculée et une respectabilité assortie se sont emparés de l'art contemporain aussi sauvagement qu'ils se sont emparés du reste ? aussi efficacement ? aussi impudemment ? aussi cyniquement ? et aussi salopardement ?

Oui je sais, je sais, j'ai embrayé avant qu'Alina ait eu le temps d'ouvrir la bouche, affirmer ce que je viens de dire l'indignation aux lèvres et l'offense lyrique, lancer de grandes et orageuses phrases contre un système putassier qui va nous conduire au désastre comme tout le monde le sait, comme tout le monde le dit et comme tout le monde au fond en ravale le principe tant il est effarant, déplorer dans les dîners mondains que l'art soit devenu une marchandise comme les autres ou, mieux, que l'art soit, de toutes les marchandises, la plus précieuse parce que la plus bankable, c'est se complaire dans l'insoluble et en tirer une amère satisfaction en même temps qu'un éventuel bénéfice.
Et comme Alina, qui n'avait pas encore réussi à en placer une, était sur le point de protester, je suis repartie de plus belle, tu sais aussi bien que moi que les artistes dont je parle, en esthétisant comme ils le font les ravages de la marchandisation des hommes et du monde, les uns en toute ingénuité, les autres plus ambigument – c'était la première fois que j'employais le mot ambigument et j'en conçus un réel plaisir –, en exhibant des gilets de sauvetage

dans la noble intention d'illustrer la tragédie des réfugiés syriens ou des menottes en jade pour dénoncer les dérives honteuses du néolibéralisme, ne font en définitive que renforcer le système prédateur qui les impulse et qui les paie tout en camouflant du même coup sa violence intrinsèque.

Et alors qu'est-ce qu'on fait ? m'a demandé Alina qui brûlait depuis un moment d'intervenir.

Qu'est-ce qu'on fait ? ai-je concédé, brusquement attentive.

Oui qu'est-ce qu'on fait ? a redit Alina avec sa vigueur tout espagnole, puisque tu prétends que le saccage est reconverti en art par ceux-là mêmes qui l'engendrent puis vendu pour distraire les masses et

Et que – j'ai enchaîné – et que la conséquence imparable de cette opération mafieuse c'est

Tu y vas fort, m'a dit Alina.

C'est qu'elle fait la peau à toute vision critique du système. Et alors qu'est-ce qu'on fait ? ai-je rerépété comme si je me parlais à moi-même. Je n'en sais foutrement rien, me suis-je répondu.

Il faudrait prendre le problème autrement, mais par où ?
Oui par où ? a repris Alina en riant.
Par quel chemin braconnier ? me suis-je interrogée toute sérieuse et faisant comme si je n'avais pas entendu le rire d'Alina. Depuis quel contre-pouvoir ? En allumant quel contre-feu ? Par quelle bataille livrée contre cette puissance indiscernable et monstrueusement ubique ? Par quelle bataille qui ne serait pas immédiatement étouffée dans l'œuf et réduite à néant ? Par quelle échappée, par quelle dérivation, par quel débordement, par quel bond sauvage hors d'un système qui étend désormais son ordure à la planète entière ?

Trois jours ont passé, pendant lesquels la proposition d'Alina de passer une nuit au musée Picasso et de voir pour de vrai *L'Homme qui marche* a fait en moi son chemin.
Je nourrissais depuis longtemps une passion pour *L'Homme qui marche* de Giacometti. *L'Homme qui marche*, que je n'avais jamais vu que reproduit sur du papier glacé, me semblait constituer l'œuvre au monde qui disait

le plus justement et de la façon la plus poignante ce qu'il en était de notre condition humaine : notre infinie solitude et notre infinie vulnérabilité, mais, en dépit de celles-ci, notre entêtement à persévérer dans le vivre, notre entêtement à persévérer contre toute raison dans le vivre.

L'Homme qui marche, immobile, figé, et en même temps mouvant, comme ces vagues de la mer que le froid a gelées dans leur houle.

Solitaire, absolument solitaire, absolument impénétrable, clos, retranché en lui-même, hors d'atteinte.

Dur, d'une dureté infracassable, immortel, inhumain.

Et frêle, frêle, éprouvé, calciné disait Genet comme au sortir d'un four, brûlant et pétrifié.

Penché vers l'avant sous le poids d'un fardeau invisible qui courbe ses épaules, sachant que Dieu est mort et qu'il n'y a pas d'arrière-monde, pas de consolation, pas de promesse, pas de secours, pas d'issue devant la terreur du néant.

Dépouillé de tout superflu, de toute affectation, de tout fard et de toute arrogance.

Sans truquage.
Fait de presque rien.
D'une singularité absolue dans un monde de mêmes.
Nu. Dans un pur dénuement, je veux dire dépouillé de toutes ces babioles censées nous consoler du vide et de l'angoisse qu'il engendre.
Décharné, la peau sur les os, décharné dans un monde obèse, dans un monde de la production obèse, dans un monde de la consommation obèse.
Décharné mais lourd, lourd peut-être de son savoir sur la Shoah et les martyrs de Buchenwald.
Vieux. Éprouvé. Revenu harassé des batailles pour vivre, et des coups encaissés.
Courbé par le poids du monde et peut-être par la honte de l'avoir fait tel.
D'une infinie vulnérabilité. Aussi fragile qu'une herbe, qu'une brindille. Aussi désarmé. Aussi rien.
Pauvre parmi les pauvres. Jetable. Un migrant. Un mort aux autres. Puisque je le voyais avec les yeux de mon époque chargés d'images de misère et d'hommes errants et sans patrie. Ou frère jumeau de ma mère qui déterrait les betteraves

dans les champs parce qu'elle n'avait rien d'autre à manger durant ce qu'on appela pudiquement *la retirada.*
Doté d'un corps noueux, malingre et comme rongé par l'acide du monde. Un corps disharmonieux. Contrefait. Pied bot. Infirme presque. Tout l'inverse du corps lisse, poli, laqué, décoré, fessu, rebondi, maquillé, bodybuildé, bref chosifié et comme fabriqué sur mesure que nous vendaient les pubs et les sœurs Kardashian.
Au bord de l'extinction. Et peut-être aux portes de la mort.
Et cependant marchant, marchant, marchant, marchant, marchant, continuant de marcher, continuant bravement de marcher et de regarder droit devant, continuant de marcher d'un grand pas, sans flancher, continuant de marcher dans un univers de décombres, malgré le non-sens, malgré le peu d'espoir, malgré l'absurdité, malgré l'absolue solitude, malgré la violence des hommes, malgré la précarité des choses et malgré toutes les apocalypses annoncées, continuant de marcher car cesser de marcher voulait dire mourir,

continuant de marcher contre le vent et les défaites, tout comme Giacometti, tout comme moi, tout comme nous.

C'est pourquoi l'idée que je pourrais passer une nuit entière auprès de cette figure si forte et qui constituait à mes yeux l'essence même de l'art, l'idée que je pourrais la toucher, la sentir, l'éprouver, m'y cogner peut-être, l'idée que je pourrais prendre le temps de la regarder dans une parfaite disponibilité de l'esprit et du corps, l'idée que je pourrais m'abandonner au bonheur de l'admirer sans que rien ne vienne troubler ma joie, ni le bruit, ni la foule, ni la brièveté du temps accordé, sans que rien ne vienne rompre mon intime tête-à-tête avec elle, rien sinon mes propres empêchements, mes propres craintes et mes propres préjugés, toute prête donc à me recueillir et à rejoindre l'artiste, dans une amitié, dans une connivence, je n'ose dire dans une communion avec lui, cette idée commençait à me travailler.

Tu ne peux pas rêver plus grande chance, tu es vernie, tu as du bol ma fille, voilà ce que je commençais à me dire après avoir refusé

catégoriquement et à plusieurs reprises la proposition d'Alina.
Puis le lendemain, je me disais, non, refuse, c'est une perte de temps, ça n'a strictement aucun intérêt, c'est un piège, c'est un gag, c'est du pipeau, j'ai trop de choses à faire, et puis les gens se contrefoutent de ce genre d'écrits.
Mais le surlendemain je me disais, qu'est-ce que ça te coûterait d'essayer ? Tu pourrais peut-être, dans cette expérience, découvrir des choses ? Tu pourrais y trouver du plaisir ? Et peut-être plus que du plaisir ? Mais quoi ?
J'ai tergiversé sur ce mode pendant près d'une semaine, un jour c'était oui, un jour c'était non, un jour oui un jour non, un jour oui un jour non, au point que j'en perdais le nord.
Puis j'ai fini par confier mon embarras à Rose, mon amie d'enfance. Rose tentait toujours de compenser l'intérêt extrêmement faible que lui inspiraient les choses de la culture par l'amour tout particulier qu'elle prétendait leur vouer. Et il était difficile en sa compagnie de se dérober aux débats d'altitude sur le dernier film de Matteo Garrone ou le dernier roman de Jean Echenoz. Mais comme Rose était toujours très sûre

de ce qu'il était bon d'aimer ou de haïr, il me suffisait d'aller dans son sens pour abréger les conversations culturelles que j'exécrais, et le tour était joué.

Je suis donc allée voir si ma Rose qui ce matin était éclose et littéralement resplendissait pouvait m'aider à sortir de l'impasse où je pataugeais depuis une semaine et me tirer du mauvais pas.

Sans surprise, Rose m'a vivement encouragée à accepter le projet d'Alina, qualifiant son invitation d'irrésistible et l'excursion muséale – ce sont les mots qu'elle a employés – d'unique en son genre.

C'était en vérité ce que j'attendais qu'elle me dît. Car plus j'y pensais, plus j'étais convaincue que l'occasion ne se représenterait pas de sitôt, qu'il me fallait saisir cette opportunité par les cheveux, et que passer à côté d'elle ne serait rien d'autre qu'une dérobade pour ne pas dire une lâcheté.

Si bien qu'au septième jour, j'ai cédé à la tentation et j'ai envoyé valser mes dernières réticences. J'ai annoncé à Alina que j'acceptais sa proposition de passer une nuit, seule, au musée Picasso.

Je l'aurais parié, m'a dit Alina qui commençait à me connaître.

À présent j'étais dans le musée. Dehors c'était la nuit. Dedans un silence de tombe. Un lit de camp posé près de *L'Homme qui marche* dans une de ses trois versions, une couverture, une bouteille d'eau, mon iPhone, mon ordinateur, un carnet, et rien d'autre, rien ni personne susceptible de s'immiscer entre l'œuvre et moi, rien ni personne susceptible de m'en distraire.

Je m'installai sur mon lit de camp, immobile, devant la sculpture admirée. Et mon regard buta sur elle. Elle était éclairée par une lumière froide de parking.

J'attendis. Je l'attendis.

Pour qu'une chose soit intéressante, il suffit de la regarder longtemps, avait écrit Flaubert. L'exercice était dans mes cordes. J'attendis un moment qui me sembla très long.

Mais alors que je m'apprêtais à recevoir la grâce, alors que je m'apprêtais à ressentir en plein cœur je ne sais quelle allégresse, je ne sais quel inoubliable enchantement, alors que je m'apprêtais à voir s'ouvrir un monde insoupçonné qui allait changer ma vie et ma façon de voir et de nommer les choses, un peu comme lorsque j'avais lu mon premier roman à dix ans, *Sans famille* pour le nommer, dans la collection Rouge et Or avec des dessins de roulotte, et que cette lecture fervente avait déclenché en moi une secousse telle que mon esprit avait bugué, bugué c'est le mot, oui bugué pendant plusieurs jours, barré à l'ouest si vous voulez, barré à l'ouest dans la roulotte de Vitalis où le petit Rémi, abandonné par son père adoptif, maçon de son métier comme mon père, c'est le détail qui importe, où le petit Rémi avait trouvé refuge, ce qui avait affolé ma famille et même le docteur Nouret qui avait prescrit l'application de compresses froides sur mon front afin d'éteindre l'incendie,
alors que je m'apprêtais, disais-je, à voir s'ouvrir en moi un monde, je ne ressentis rien,
rien qu'une morosité vague et une appréhension dont j'ignorais la cause.

Je quittai mon poste près de *L'Homme qui marche* et tentai quelques incursions dans les salles attenantes que le silence et l'absence de toute présence humaine rendaient sinistres.
Je me plantai devant la *Tête de Diego*, puis devant la *Femme cuillère*, puis devant *Le Cube*, puis je changeai de méthode et au lieu de m'immobiliser longuement devant chacune des sculptures comme je l'avais vu faire à des gens distingués et à des esthètes à écharpe blanche, au lieu de les prendre de front et, si j'ose dire, à découvert, j'essayai de me la jouer fine : les contourner tout en les pistant à la dérobée, de biais, selon la fameuse taquetaquetique du gendarme qui est de bien observer sans se faire remarquer, ou mieux encore en opérant un dribble sinueux à la Kylian Mbappé.
Mais je n'avais pas le génie de Kylian Mbappé – je me promis de me renseigner sur le sens de la lettre M dans le nom Mbappé. Mes dribbles sinueux, mes feintes et zigzags ne donnèrent strictement rien. Aucune des sculptures que j'avais abordées dans cet esprit sportif ne me fit le moindre signe et aucune ne parut juger mes dribbles sinueux dignes de la moindre attention.

Quant à moi, je ne ressentis aucun de ces vertiges, aucun de ces coups au cœur sauvage qui bat en nous, aucune de ces déflagrations intérieures qui marquent à jamais, paraît-il, la rencontre avec une œuvre et que célèbrent les poètes en ce monde ennuyé.
Toutes, je l'avoue, me laissèrent ennuyée.
Je les regardais pour la seule raison que je m'étais engagée à le faire auprès d'Alina et qu'un pacte nous liait, et non parce qu'un élan et une joie irrésistibles m'emportaient jusqu'à elles. Je les voyais en vain. Je les voyais sans voir.
Je tentai alors une nouvelle expérience et décidai de déambuler, avec lenteur pour occuper mon temps car j'avais toute la nuit à traverser, dans les salles du musée que je n'avais pas encore visitées. Je me plantai devant les *Femmes de Venise*, étirées, très précises, très droites, plus droites que *L'Homme qui marche*, aussi éprouvées que lui et aussi hiératiques, puis devant la *Femme couchée qui rêve*, puis devant une *Femme plate*, aussi plate que devait être mon EEG à cet instant-là.
Car, je devais me l'avouer, aucune de ces figures ne parlait à mon âme.

Elles ne me disaient littéralement rien.
Elles ne m'inspiraient rien qui eût le moindre intérêt. Rien d'essentiel. Rien de beau. Rien d'émouvant. Rien de saignant comme disent les commentateurs de foot.
Face à elles, je ne ressentais rien qu'une vague inquiétude et le désir impatient que la nuit s'achevât au plus vite.
Tu n'as qu'un caillou à la place du cœur et l'âme racornie ma pauvre, me reprochai-je. Puis quelque temps après, désabusée : Tu n'es pas faite pour aimer l'art. Et plus tard encore : Tout ce qui n'est pas littérature t'indiffère. Tout ce qui n'est pas littérature t'ennuie mortellement.
Écrire, dans de telles conditions, m'était inconcevable. Écrire sans désir, sans ferveur, écrire sans colère ou révolte en guise de ferveur, écrire dans la morosité, dans l'ennui ou la maussaderie m'était inconcevable. Et écrire consignée – car je me sentais consignée, contrainte, prisonnière derrière les énormes portes d'une énorme chambre forte appelée musée – écrire consignée dans une chambre forte fût-elle la plus artistique du monde m'était encore plus inconcevable. J'aurais dû le savoir.

Cependant, j'écrivis sur mon carnet en lettres capitales une phrase que je regretterais sans doute d'avoir écrite lorsqu'il serait trop tard : REGARDER CES ŒUVRES M'EST UNE CORVÉE ET JE ME FAIS VIOLENCE EN CONTINUANT CETTE EXPÉRIENCE À LA CON. Mais sur l'instant, l'écrire me fit du bien.
Puis je regagnai, résignée, mon poste – j'aurais été une bonne soldate – et pris la pose recueillie – selon le principe materno-pascalien qui postulait que c'était en priant qu'on attrapait la foi *y que machacando se aprendia el oficio* –, assise ou plutôt recroquevillée sur mon lit de camp devant *L'Homme qui marche*, fataliste, découragée, tout entrain évanoui.
Et j'eus soudain cette pensée : cette distance désespérante que Giacometti évoquait toujours lorsqu'il faisait face aux modèles qu'il voulait figurer, je la ressentais devant sa sculpture. Sa sculpture était là, devant moi, dense, présente, aussi passionnément présente que ce qui est vivant, cependant rien de sa présence ne résonnait en moi. Elle était là, tout près de moi réellement, et en même temps je la voyais comme séparée de moi par une paroi invisible, loin, très loin, de

plus en plus loin en distance intérieure, comme lorsque, absorbée dans le roman *Sans famille*, je percevais les appels de ma mère et les bruits du dehors sans qu'ils ne m'atteignissent.

Un peu réconfortée par cette chose commune que je partageais avec l'artiste (le besoin de réconfort se nourrissant essentiellement de fallaces et d'illusions, c'est de notoriété publique), je quittai mon lit de camp et errai dans les allées inhospitalières où des objets semblaient posés là pour feindre un dialogue croisé entre Giacometti et Picasso. Mais cette rencontre forcée, cette coloc imposée entre les deux artistes ne faisait que souligner leurs irréconciliables différences. Était-ce le but recherché ?

Je m'arrêtai devant la *Tête sur tige* avec sa bouche béante d'agonisant, son rictus effrayant et le visage horrible de qui découvre la mort. Et elle me fit peur.

Je m'arrêtai devant une *Annette* debout et sa face percée de deux trous au niveau des orbites comme le sont les crânes de squelettes, Annette simultanément vivante et morte, Annette dans le visage de laquelle la vie et la mort s'accouplaient. Et elle me fit peur.

Il faut avoir le cœur bien accroché pour garder une de vos statues chez soi, lui avait dit affectueusement Jean Genet, je me souvenais de cette phrase.
La légende apportait un certain éclairage à propos de cette noirceur qui habitait les figures de Giacometti, lesquelles semblaient surgir d'un pays revenu d'un désastre. Et j'aimais infiniment la légende de Giacometti. J'aimais infiniment sa légende comme j'aimais infiniment les légendes de Baudelaire, de Van Gogh, de Kafka, d'Artaud, de Woolf... qui toutes me bouleversaient. J'aimais infiniment les légendes d'artistes, et lorsque la vie de l'un ou l'une me semblait insignifiante au regard de l'œuvre accomplie, je lui en fabriquais une aussi sec ; légende : *legenda* en latin, *ce qui doit être lu*, ce qui subséquemment doit être retenu, la vérité que l'on dore ou assombrit pour la rendre à tout jamais inoubliable.
La légende racontait donc que Giacometti, à dix-neuf ans, rencontra dans un train entre Paestum et Pompéi un Hollandais sexagénaire qui le prit en sympathie. Cet homme qui s'appelait Van Meurs, nom funeste, lui proposa quelques

mois après de l'accompagner jusqu'à Venise et Giacometti accepta son amicale invitation. Les deux voyageurs se mirent en route dans l'insouciance et firent une halte dans un petit hôtel de montagne à Madonna di Campiglio. Le soir, Van Meurs, qui avait pris froid dans la journée, se sentit mal et s'alita. Giacometti qui le veillait fut terrifié au plus profond de lui à l'idée que son compagnon pût mourir. Et c'est ce qui survint. Giacometti fit brutalement connaissance avec la mort.

Elle lui entra dans l'âme et ne le quitta plus.

Et son enfance, ce jour-là, s'acheva.

Quelques années plus tard, une nouvelle expérience lui fit revoir la mort de près. Après avoir passé la soirée au café du Dôme en compagnie de Robert Jourdan, il accompagna ce dernier dans un appartement loué par Denise Bellon et prit avec lui de la drogue (pour la première et dernière fois de sa vie). Lorsqu'il s'éveilla le matin, il découvrit à ses côtés son ami, inerte, les lèvres exsangues, le visage froid et d'une pâleur affreuse, les mains rigides. Il souleva son bras. Il avait le poids de la pierre. Robert Jourdan était mort. Saisi d'une panique indescriptible, il s'échappa fou de terreur, courut se réfugier chez lui où il fut rapidement appréhendé par la police et aussitôt relâché.

Désormais la mort prendrait demeure en lui, assombrissant son regard sur les êtres et le monde.

La fragilité de la vie et son caractère éphémère deviendraient la matière même de son œuvre.

J'avais noté sur mon carnet cette phrase de lui : *J'ai toujours eu le sentiment de la fragilité des êtres vivants, comme si à chaque instant il faudrait une énergie formidable pour qu'ils puissent tenir debout, toujours sous la menace de s'écrouler. C'est par leur fragilité que mes sculptures sont ressemblantes.*

Après avoir découvert la *Tête sur tige* et *Annette morte vive*, et toute secouée par ces visions d'effroi, effroi aggravé sans doute par le silence, l'esseulement et l'immensité du lieu dans lequel j'errais depuis bientôt deux heures, je recherchai d'instinct un refuge où me blottir et me mettre à l'abri.

Je ne trouvai que les toilettes. Je m'y enfermai. C'est une chose que j'avais beaucoup pratiquée dans l'enfance : m'enfermer dans les toilettes pour y puiser un peu de paix et méditer sur l'inexplicable bonté de ma mère et sur la tout aussi inexplicable méchanceté de mon père dont je souhaitais chaque jour la mort immédiate, mon père qui dans l'enfance me faisait peur et qui me ferait peur longtemps,

mon père qui dort avec un fusil sous le lit au cas où,
mon père qui pousse des gueulantes terribles contre : le capital, la droite, son patron, son voisin, ma mère, mes sœurs et moi, dans cet ordre, et à qui je hurle crève, crève, crève, tout au fond de moi,
mon père qui distribue le dimanche *L'Humanité Dimanche*, à contrecœur mais c'est pour la cause, et qui nous gueule dessus au retour, il est fatigué dit ma mère qui ne dit jamais que mon père est odieux,
mon père qui balance une baffe magistrale à ma sœur aînée parce qu'elle a désapprouvé l'invasion des Russes en Hongrie, *callate pobre imbécil !*
mon père qui, lorsqu'il est pris d'un accès de tendresse, appelle ma mère *Montserrat del cul cagat*, et ça nous fait rire,
mon père qui, de colère, lance des œufs sur la porte des chiottes parce que sa cousine Dolores qu'il a fait venir expressément d'Andalousie souhaite aller à la messe, *vete con esos hijos de puta y que no te vea más !*

mon père qui m'interdit d'aller à la fête du village où je pourrais subir les tripotages les plus risqués (il est obsédé par le cul de ses filles) et à qui je fais un bras d'honneur intérieur, en pleurant,

mon père qui tue notre chat d'un coup de bâton sur la tête parce qu'il a dérobé une miette de viande, c'est mon plus ancien souvenir, je dois avoir trois ans,

mon père qui me faisait peur, disais-je, et qui me ferait peur longtemps, jusqu'au jour où il serait hospitalisé dans un service psychiatrique pour un délire persécutoire déclenché par l'agrandissement de la bâtisse qui jouxtait la petite maison qu'il avait fini par acquérir à force d'économies et qui privait son jardin de sa vue sur l'Ariège.

De ce jour, je serais délestée de ma peur, comme si le terme médical apposé sur sa violence par le docteur Nouret l'avait désarmée (sa violence), l'avait délivrée de sa part obscure parce qu'innommée, comme si le diagnostic de psychose paranoïaque était venu attester scientifiquement l'immense vulnérabilité sur laquelle son délire avait germé, l'écheveau compliqué

PREVARICAZIONI

des déconvenues, des chagrins, des brimades et des humiliations qu'il avait endurés en tant qu'ouvrier dans le bâtiment, de surcroît étranger, de surcroît communiste, de surcroît orphelin de mère dès l'enfance, de surcroît en rupture avec sa famille bourgeoise restée en Espagne, et la profondeur d'une douleur morale dont j'avais subi les effets destructeurs sans jamais comprendre (non, non, comprendre n'est pas excuser), sans jamais comprendre qu'ils étaient les symptômes d'une âme souffrante jusqu'à la folie.

Avant qu'il ne soit interné, je croyais que tous les pères dégrafaient leur ceinture pour attraper au lasso leurs enfants en visant leur cul ou leurs jambes.

SCHIAFFO CAZZOTTO Je croyais que tous les pères envoyaient des beignes à leur femme lorsque le rôti était froid.

Je croyais que tous les pères pétaient à table.

Je croyais que tous les pères cachaient un fusil sous le lit, des fois que leur voisin ferait chier.

Je croyais que tous les enfants tremblaient devant leur père et qu'ils souhaitaient sa mort, je croyais que c'était normal, que ce scandale était normal, que ce scandale était de règle, que tous

les enfants se pliaient à la démence acceptée d'un seul, et que c'était la loi.
Je compris que ça ne l'était pas le jour où on l'interna.
J'avais dix-neuf ans.
Je me demande parfois quelles traces ont pu laisser en moi ces dix-neuf années passées auprès d'un père parano. Je me demande par ex. si je n'ai pas tendance à m'exagérer certaines peurs, comme en ce moment même où je me suis réfugiée dans les toilettes d'un musée pour m'être simplement heurtée à deux figures à tête de mort. Je me demande aussi si ma terreur du noir dont je souffre encore à mon âge ne procède pas de la peur qu'enfant il me faisait.
Une des séquelles en tout cas dont je suis sûre et qui me handicape dans certaines circonstances disons libidino-affectives, c'est que, tout comme lui, j'ai la plus grande peine à distinguer un geste d'affection d'un geste d'attaque. Prenons le baiser : bâillon parfait ou parfaite fusion amoureuse ? Souvent j'hésite. C'est à ces moments-là que sérieusement je m'interroge. Aurais-je hérité de la dinguerie

de mon père ? Se serait-il installé en moi pour se survivre et m'étouffer ? Cette pensée me désespère.

Il y a un talent toutefois que j'ai acquis, grâce à mon père en quelque sorte, et que je vérifie à chaque fois : c'est que mon corps m'avertit d'instinct dès que je suis en présence d'un pouvoir toxique (tyran, tyranne, tyrannette ou tyranneau), mon corps, comme alerté par un sixième sens, se tient sur ses gardes, il se cabre en dedans, c'est difficile à expliquer, il se hérisse, il s'aiguise, il se révolte, prêt à se défendre ou à fuir, et me murmure gaffe ! fais gaffe à toi !, mon corps (bien plus que ma raison pour autant qu'on les distingue) mon corps, grâce à mon père parano, a acquis des réflexes de bête pour flairer les pouvoirs toxiques, tous les pouvoirs toxiques, même ceux qui n'en ont pas la forme, même les aimants, même les prétendument aimants, même parfois ceux qui n'en sont pas (des pouvoirs toxiques) et que je crois qu'ils sont.

Autre constat que je ne sais pas interpréter et qui est en totale contradiction avec ce qui précède : un certain nombre de mes amis littéraires, comme présomptueusement je les appelle, souffrent de la manie de la persécution. La littérature, du reste, est toute remplie de persécutés, parmi lesquels mon cher Pascal qui fut persécuté par Dieu lui-même, ce qui est, je crois, la pire des occurrences.

Mais stop, stop. Je n'étais pas là pour me répandre sur mon enfance bousculée (c'est le seul mot que je trouvai), sur mes amis, mes ennemis et mes petites saletés familiales. Je n'avais cessé d'affirmer qu'écrire c'était surmonter toute fascination amoureuse pour son moi et ses épanchements, et voilà que je m'y abandonnais, par faiblesse, par angoisse. Stop.

Je restai encore un moment assise sur la cuvette des WC – si j'écris un jour ma nuit au musée, me promis-je, je ferais silence sur ce détail – et mon esprit revint plus calmement vers les deux figures de Giacometti qui m'avaient jetée dans l'effroi.

Comment peut-on avoir peur d'une chose sans vie ? me raisonnai-je. Qu'ai-je à craindre de ces sculptures ? Elles n'ont tout de même pas le pouvoir de la Gorgone. Leur regard ne va pas te tuer, me rassurai-je. Et mon esprit lentement se remit en marche et retrouva un relatif aplomb. Pour avoir visionné le clip que Beyoncé et Jay-Z avaient tourné au Louvre, je me fis la remarque que rien n'était plus éloigné de la fonction décorative, luxueuse, fastueuse, splendide, opulente, munificente, ostentatoire et exquisément discriminante à laquelle Beyoncé et Jay-Z identifiaient l'art, rien n'en était plus éloigné que ces deux figures d'épouvante,

l'art pour Giacometti se tenant dans une résistance à toute pompe et à toute opulence, je dirais même dans une totale et définitive désapprobation, dans un refus radical d'enjoliver la réalité de dorures radieuses et attrape-touristes,

dans une forme de beauté diamétralement opposée à la beauté selon Beyoncé et Jay-Z qui était une beauté trop belle comme disaient les jeunes,

dans une forme de beauté violente, crue, négative, une beauté sombre, écorchée, dépourvue de douceur, une beauté austère, avare, hivernale, spectrale même, susceptible de saper le moral de ceux qui prenaient le risque de la contempler. Une beauté saturnienne, une beauté enténébrée, pensai-je, et je notai sur mon carnet, non sans une certaine complaisance, ces mots qui me semblaient appartenir au registre élégant.

Ne pouvant rester plus longtemps dans ce lieu de méditation sans que ma dignité en souffrît, je rassemblai mon courage qui était en morceaux. Bouge ton cul, ma fille me dis-je sans conviction, et je revins dans les salles inhospitalières à contrecœur et traînant les talons pour y poursuivre ma visite ainsi que je m'y étais engagée auprès d'Alina.

Mais qu'est-ce que je suis venue foutre ici ? me demandai-je assez vite, d'art et de beauté lasse. À quelles sirènes ai-je cédé ? À quelles sirènes artistiques, à quelles sirènes littéraires ai-je eu la faiblesse de me soumettre, me demandai-je en laissant parler mon cœur ordinaire, tandis que mon cœur d'écrivain, plus endurant, plus apte à la patience que mon cœur ordinaire – je m'expliquerais plus tard sur cette distinction –, tandis que mon cœur d'écrivain me disait tiens bon ma fille, attends, attends encore un peu, prends le temps de t'acclimater à cette froideur et à ce

silence, prends le temps de trouver tes marques, le bonheur d'admirer va finir par t'atteindre car *la beauté est une flèche lente* – je connaissais mon Nietszche – et une heureuse inspiration va bientôt te saisir.
Mais le silence autour de moi devenait de plus en plus oppressant. Les objets qui m'entouraient, tous les objets me semblaient à présent hostiles. J'avais le sentiment qu'ils m'assaillaient.
Je frissonnai.
Je n'éprouvai rien d'heureux.
J'étais comme ce *Chien* de Giacometti que j'avais aperçu de loin dans l'une des salles du musée en me promettant d'aller le revoir : malheureux, misérable et complètement perdu.
Le monde n'avait pas basculé comme je l'escomptais.
Je n'avais pas pris la mer.
J'étais restée à quai.
Aucune tempête ne m'avait traversé le corps, et le sang de mes veines était resté figé.
Les œuvres exposées ne m'avaient apporté aucun bien.
La terre n'avait pas tremblé sous mes pieds.

Et l'événement promis n'était pas advenu.

Je n'étais que déconvenue, avec, en même temps, un pénible sentiment d'infériorité, le sentiment de n'être pas à la hauteur de ces sublimités ou, pire, le sentiment de les gâcher, le sentiment d'être dans un état d'hébètement profond, comparable à celui qui me terrassait lorsque j'étais filmée par la télévision.

À cette idée, à ce souvenir de ma stupidité télévisuelle, à ce rappel de mon incapacité à formuler de longues et séduisantes phrases dès lors que j'étais filmée dans un studio télé, je fus prise d'une grande colère, d'une grande colère contre un système qui jugeait de la valeur d'un écrivain non sur la qualité de ses écrits mais sur ses putains de prestations télé. Je fus prise d'une grande colère contre un système qui ne promouvait que ceux qui avaient appris dès le berceau à formuler de jolies phrases car ils avaient des papas-mamans rompus à l'art de papoter, et non des enfants de broques, des enfants d'Arabes ou d'Espagnols, ceux-ci très désinvoltes avec la grammaire française car elle ne leur servait à rien dans leur boulot de merde, des Arabes et des Espagnols qui arrivaient rétamés à la maison après leur boulot de merde et se soulageaient de leur vie de merde en envoyant quelques beignes à leurs mioches, lesquels gardaient, en dépit de leurs études et de tous leurs efforts pour acquérir un français correct tel celui du fils Nouret qui utilisait des mots comme aporie, immarcescible ou épistémologique et jamais cul couille ou enculé et dont mon père disait qu'on voyait bien à l'entendre causer qu'il n'était pas tombé d'une charrette, lesquels mioches disais-je gardaient tout au fond d'eux-mêmes la vieille, l'incurable, l'immortelle empreinte des mal nés, des mal lotis en matière de langue comme en matière matérielle, des non-propriétaires en matière de langue comme en matière matérielle.

Mais assez ! J'étais ici pour écrire ma nuit au musée et non pour me lamenter sur la femme qui perdait ses moyens lorsqu'elle passait à la télévision, qui trébuchait sur les mots *comme sur des pavés*, et ne parvenait pas à se frayer le chemin idoine entre sa tête et sa bouche sinon un sentier plein de ronces où elle se prenait la langue, tout ça pour avoir eu l'inconséquence de naître de parents qui baragouinaient une langue mixte et transpyrénéenne que j'appelais le fragnol, et d'avoir grandi dans un HLM où des ados malappris mais au sens musical aiguisé ponctuaient d'un putain appuyé chaque fin de leur phrase.

Puis je passai de la colère au désemparement, je passe très souvent de la colère au désemparement, chez moi la colère conduit presque toujours au désemparement, la colère en retombant fait tomber mes parements, et une fois mes parements à terre je ne suis pas belle à voir, moralement parlant.

J'étais toujours assise sur mon lit de camp et je ne savais que faire de moi qui étais moralement en tenue d'Ève et sans aucun des parements qui m'ornent d'habitude et me permettent de garder la face, au sens propre comme au sens figuré.

Je ne savais que faire de ce moment que j'avais pensé exceptionnel, que j'avais imaginé comme un pur ravissement, comme une rencontre miraculeuse et dont j'espérais qu'elle ferait une entaille profonde et définitive dans la trame morne des jours de ma vie.

Et j'eus un nouveau ressac de colère. Colère contre moi, cette fois. Colère contre moi qui ne me donnais pas le droit de m'approprier cette langue parlée que d'autres héritaient de plein droit. Colère contre moi qui parfois jouais la comédie de l'appropriation, qui essayais de parler *comme une dame* en usant de tournures tarabiscotées et qui me semblaient élégantes mais dites avec un accent si faux et si guindé que Bernard en m'entendant ne pouvait s'empêcher de rire. Colère contre mon incapacité à articuler publiquement quelques phrases cohérentes à propos de mes livres, exactement comme lorsque j'étais interrogée par madame Gaget mon institutrice de CE2 : la même appréhension de reproduire le sabir de ma mère avec toutes ses incorrections et tous ses croche-pieds à la langue de Racine, la même crainte de mal dire qui m'amenait infailliblement à mal dire, et la même affreuse mécanique qui ne faisait parvenir à ma bouche que la part la plus pauvre de mes pensées.

Je me souvenais encore, trente ans après, d'un « je m'avais fourvoyée » prononcé devant un

public dit de qualité et très intimidant, et de la honte rétrospective que j'en avais conçue.
N'y plus penser. N'y plus penser. Ne plus m'en souvenir. Ne me souvenir de plus rien. C'est à quoi je m'exhortais dans ma maison intérieure comme s'il s'agissait de choses qu'on décide. Mais les souvenirs de honte avaient chez moi une fatale aptitude à la ténacité. Ils étaient plus tenaces que les souvenirs de chagrin et plus tenaces que les souvenirs de douleur. Les souvenirs de honte étaient chez moi les champions toutes catégories des souvenirs persévérants pour ne pas dire increvables, et je me disais que je les emporterais avec moi jusque dans la tombe.
Cependant, si je les comparais aux souvenirs que Bernard avait ramenés de la guerre au Liban et qui quarante ans après le réveillaient encore et le faisaient se dresser sur le lit, en sueur, épouvanté, les miens m'apparaissaient somme toute comme des souvenirs gentillets.
Car Bernard avait vu, de ses yeux vu, à Beyrouth, en 1977, en pleine guerre civile, sur le trottoir de la rue Tarik el-Jdideh, trois miliciens maintenir un homme au sol et lui trancher la

langue au couteau puis la brandir aux yeux des quelques passants avant de la jeter à terre comme une immondice. Et tu vois, me disait-il, assis sur le lit, les cheveux en désordre, le front moite des visions de sa nuit et le regard encore plein de ces hideurs, ce jour-là ma vie s'est fracturée en deux, je crois que j'étais un doux, je suis devenu définitivement dur à ce que mes amis appellent ici des drames : les petites rivalités au boulot, les susceptibilités narcissiques, les jalousies idiotes, tout ça, tout ça... Il restait un moment silencieux, puis me prenant dans ses bras, je voudrais tant que ce souvenir s'efface, murmurait-il, et il resserrait son étreinte comme si elle avait le pouvoir de faire disparaître l'atroce scène, nous nous tenions longuement enlacés, je sentais son cœur frapper contre sa chemise, des mots de la plus grande tendresse se formaient en moi qui n'atteignaient pas toujours mes lèvres, je voudrais tant que ce souvenir s'efface, murmurait-il.
Mais son souvenir était tatoué dans sa mémoire. Et ne sombrerait qu'avec lui.
Cette scène de torture racontée par Bernard, que j'avais fini par imaginer comme si j'en

avais été moi-même la témoin, au point qu'elle prenait rang parmi mes souvenirs personnels, je l'associais à une autre que Malraux, le 19 décembre 1964, évoqua d'une voix inoubliable, debout, sous les torches et les drapeaux, devant les colonnes du Panthéon, et face au général de Gaulle et aux Compagnons de la Libération : celle d'un Jean Moulin martyrisé, défiguré, membres brisés, organes éclatés, d'un Jean Moulin qui atteignit les limites de la souffrance humaine *sans jamais trahir un seul secret, lui qui les savait tous.* Évocation atroce qui, tout ensemble, m'insuffle espoir et désespoir, et que j'aimerais vous transmettre mes anges, vous qui avez dix-huit ans et qui trouvez très ennuyantes, comme vous dites, les histoires du passé.

Je regardai ma montre. Il n'était que 23 heures. L'idée me traversa de jeter l'éponge, l'éponge artistique de laquelle j'avais sans doute trop espéré, et d'annoncer à Alina par téléphone que j'allais me casser et interrompre sur-le-champ cette expérience qui, je le lui préciserais, était très ennuyante, aussi ennuyante que la littérature comme vous dites mes agnelets, aussi ennuyante

que la politique politicienne comme vous dites, aussi ennuyante que le mariage qui ne perdure qu'au prix de la pire résignation comme vous dites et comme il m'arrive aussi de dire, sinon de penser.
Mais j'y renonçai aussitôt, par orgueil, et parce que mon appel téléphonique à cette heure-ci de la nuit eût paru indélicat.
La tentation de voler un objet exposé ne me traversa pas.
J'avais la sensation que tout désir m'avait quitté, tout mouvement sensible en moi et toute intelligence. Je ne captais rien à rien. Tous mes moyens ôtés. Stupidité totale.
Je continuais de n'éprouver qu'une impatience inquiète sur un fond d'inexplicable tristesse et de vide cérébral.
À ce moment précis de la nuit, je me foutais de Giacometti autant que de Picasso. Je me foutais de *L'Homme qui marche* autant que du *Portrait de Dora Maar.* Je me foutais de l'art. Qu'on ne m'en parlât plus ! Qu'on m'en délivrât une bonne fois pour toutes ! L'art ne vaut rien, me dis-je, mal installée sur mon lit de camp. Ou si

peu. Une heure de plus dans ce musée, et je le prendrais définitivement en grippe.
À ce moment précis de la nuit, je n'avais plus aucun intérêt, plus aucun désir pour l'art. L'art je m'en cognais totalement. Pire que ça, l'obligation de l'adorer me semblait haïssable. Elle me rebutait. L'art je m'en torche le cul, écrivis-je sur mon ordinateur. Étais-je comme Sartre dont Octavio Paz avait écrit que l'échec de son explication du génie de Flaubert était mû souterrainement par sa haine profonde des lettres, une haine dont le philosophe pourtant si avisé n'aurait pas eu conscience ? Étais-je mue souterrainement par une haine de l'art dont je n'avais pas conscience ?
L'art je m'en foutais comme de ma première chemise, et je ne partageais pas le culte fiévreux que certains lui rendaient, voilà ce que je me disais mal assise sur mon lit de camp dans le musée Picasso désert. Tous les cultes, du reste, m'étaient pareillement suspects. Et si j'avais aimé *L'Homme qui marche* c'était précisément parce que ses frêles épaules semblaient porter tout son désenchantement devant les infamies du monde, et dans ce désenchantement son désenchantement

devant l'art et les pouvoirs bienfaisants que bien à tort on lui prêtait.
Je détestais depuis longtemps tous les dévots de l'art. Je les détestais pour avoir vérifié trois cents fois que le prurit culturel qui leur démangeait l'âme ne les rendait pas meilleurs que les autres, ni plus humains, ni plus dignes, ni plus justes, ni plus éclairés, ni plus intelligents, ni plus rien, que parfois même ils étaient de gros cons, de gros cons confits en connerie, de gros cons d'une connerie insolente, de gros cons émerveillés d'eux-mêmes qui paradaient aux vernissages et se pâmaient devant le dernier artiste à la mode, lorsque c'était le tour d'Armand Étienne, ils n'en avaient que pour Armand Étienne, qu'il était ci qu'il était ça qu'il faisait fureur qu'il était tout simplement génial, puis du jour au lendemain ils n'en causaient plus du tout, à la trappe, et ils passaient au suivant avec le même enthousiasme, de gros cons présents à toutes les manifestations officielles de la culture où ils distribuaient des poignées de main, ciraient les pompes aux sommités, ânonnaient pieusement leur haute conception de l'art, et faisaient leurs importants avec des phrases culturelles, des regards

culturels, une voix culturelle et, plaqué sur leur face, un air discrètement supérieur de gros cons, de gros cons encore plus cons que ces cons de kangourous (pour Catherine Hiegel qui en avait fait l'amère expérience, le kangourou était l'animal le plus con de la Terre), de gros cons dont il fallait se tenir à distance prudente sous peine d'être éclaboussé par leurs très culturels et très élégiaques postillons, de gros cons après le passage desquels il était recommandé de procéder à une rapide désinfection à la Betadine alcoolique à 5 % pour les parties du corps exposées et au percarbonate de soude pour la contamination des lieux.

J'avais du reste constaté depuis longtemps que ma mère, qui n'avait jamais mis les pieds dans un musée, ni dans une librairie, ni dans une galerie d'art parce qu'elle avait le sentiment que cette culture-là ne la concernait pas et que, de plus, elle y aurait été regardée comme un élément étranger, comme une tache, comme une Arabe, ma mère qui n'avait jamais pratiqué aucun art hormis celui de coudre et de repriser les chaussettes de mon père, ma mère avait le cœur et la raison bien plus dignes et généreux que la plupart de ceux que Baudelaire non sans raison appelait *la canaille artistique.* Lorsque d'autres que moi avancent ce genre d'arguments, je me récrie aussitôt et me fâche tout noir, je crie au poujadisme, à la haine de l'esprit et à la haine du beau, et rétorque aussi sec que tout ce qu'ils ne peuvent concevoir : ils le rabaissent, et tout ce qui les déroute : ils le dénigrent amèrement.

Mais le fait est que ma défiance instinctive devant cette religion pratiquée par des individus venus y chercher je ne sais quel empiffrement (l'empiffrement, on le sait, est un plaisir de pauvres), je ne sais quelle évasion hors d'une vie effroyablement vide (si vous redites le mot évasion, je lâche mon pitbull !), je ne sais quel divertissement de leur âme (mais une séance de Zumba fitness ne ferait-elle pas tout aussi bien l'affaire ?), je ne sais quel prestige social ou je ne sais quel gage de supériorité sur le commun des incultes, ma défiance trouvait enfin, cette nuit-là, sa pleine et entière justification.

Une défiance que j'étendais, injustement sans doute, à l'art lui-même, puisque je doutais de son pouvoir et de sa valeur comme jamais encore je n'en avais douté, bien forcée de reconnaître que j'étais présentement aussi bête, aussi pauvre et aussi insensible qu'avant d'entrer dans le musée, bref désespérément égale à moi-même.

J'allais jusqu'à considérer que l'art, par le passé, m'avait flouée, qu'il m'avait escroquée plus souvent qu'à mon tour, et que je m'étais laissé avoir, avec délectation je l'avoue, par les miroitements d'un monde réarrangé ou repeint trompeusement en rose ou noir.

Je poussais mon scepticisme au point de me convaincre qu'il était vain, et même dangereux, de placer en lui (l'art) notre espoir, et que mieux valait se battre face aux infamies du monde – et on avait l'embarras du choix – en leur infligeant une bonne raclée, que de se prosterner devant les œuvres reflétant les infamies du monde, comme je m'y étais adonnée si souvent, l'âme béate et toute frémissante et les yeux fermés sur le reste, je veux dire sur la réalité pourrie.

Une défiance que j'étendais aussi, collatéralement, aux musées qui en étaient les silos comme avait dit l'autre, aux musées qui *conservent*

– le mot voulait tout dire – qui conservent les œuvres en les retirant de la vie.
J'en étais là de mes sombres pensées, lorsque le téléphone sonna.
C'était Bernard qui venait me demander comment se passait ma claustration et sa voix si familière et si proche me fut sur l'instant d'un très doux réconfort.
Mais plutôt que de lui dire mon plaisir et ma joie de l'entendre, je lui reformulai les mêmes thèses dont je l'avais bassiné avant de me prêter à cette expérience absurde, qui étaient à quelques détails près les mêmes dont j'avais bassiné Alina, mais cette fois-ci prononcées avec encore plus de conviction et encore plus de véhémence.
De but en blanc, je lui assenai donc que je détestais les musées à un point considérable – j'appuyai sur le mot considérable en détachant chaque syllabe –, les musées qui présentaient des œuvres arrachées à leur sol, à leur ciel, à leur souffle. Car, argumentai-je sur un ton exalté, car comment les aimer, ces œuvres, comment les comprendre quelque universels que soient leur sens et leur beauté si elles ne portent plus en

elles l'esprit du lieu dans lequel elles surgirent, son climat, ses murmures, ses rythmes, ses codes, ses guerres, son histoire.
Je crois que tu... tenta Bernard que j'avais pris au dépourvu et qui devait chercher dans son esprit des paroles de circonstance.
Comment les aimer, comment les comprendre l'interrompis-je – j'étais lancée et rien au monde ne pouvait m'arrêter – si elles sont séparées des grottes dogons qui les virent naître, séparées des pyramides d'Égypte, des églises romanes, des retables, des îles, des ateliers, des maisons où elles vécurent et s'imprégnèrent de l'air et des couleurs qui les baignaient. Comment aimer et comprendre *Les Grandes Baigneuses* de Cézanne sans la lumière qui les nimbait et sans l'atmosphère calme et comme veloutée de l'atelier des Lauves ? Comment aimer et comprendre les *Pinturas negras* de Goya loin de la Quinta del Sordo et des fantômes grimaçants qui la peuplaient ? – je m'emballais, j'avais avec Bernard une certaine tendance à m'emballer et à aller aux extrêmes, notamment sur les questions artistico-littéraires – ces figures envahies par la nuit et peintes à même les murs par un Goya déchu,

vieillissant, et dont le cœur usé se faisait lentement dévorer par un aigle, ces visages de femmes effrayants, ce sabbat de sorcières, ce Saturne monstrueux...
Je repris ma respiration et mon emballement, puis me levai du lit de camp parce que j'eus la conviction que je ne pouvais formuler correctement des pensées de cette importance que debout, dressée, telle Nikè (celle de la mythologie).
Bernard restait silencieux à l'autre bout du fil – l'expression à l'autre bout du fil était inadéquate mais j'en usais encore, et peut-être en usais-je encore en souvenir d'Ariane et de son fameux fil, Ariane ma sœur de quel amour blessée vous mourûtes aux bords où vous fûtes laissée, Ariane et son fil lequel était un fil de soie autant qu'un fil de mots, un fil de mots d'amour, un fil à orienter ou à embobiner et sans doute les deux, une longe et un lied et sans doute les deux, un fil aussi ténu que la ligne dorée de l'horizon le soir, et parfois plus solide qu'une corde de pendu, plus mutilante qu'un barbelé –,
Bernard restait silencieux à l'autre bout du fil d'amour qui nous liait depuis bientôt trente ans

mais qui parfois faisait mal à nos chairs et nous donnait l'envie de le trancher tout net.

Chaque fois que je me lançais dans de longs soliloques et que je m'enflammais, Bernard attendait patiemment que ça passe, ou bien il m'écoutait avec une amabilité toute professionnelle en regardant à la télévision une course cycliste commentée par Virenque, le son coupé. Car c'est le son coupé qu'il regardait toutes les courses cyclistes commentées par Virenque et retransmises sur Eurosport, c'est le son coupé qu'il regardait son favori Sagan monter sur la grosse – je cite – tandis que Demare lui suçait la roue – je cite – et que Froome arrosait les fleurs – je cite. Il prétendait qu'ainsi il en ressentait mieux toute la poésie. Tu ne peux pas comprendre la poésie d'une course cycliste, me disait-il souvent d'un air peiné, tu ne peux pas comprendre la beauté qu'il y a dans cet effort poussé jusqu'aux limites humaines pour une seconde gagnée.

Bernard demeurant silencieux à l'autre bout du fil d'amour, je profitai de ma pôle position, pour continuer mes catéchies.

Comment aimer et comprendre, lui dis-je enflammée et marchant à grands pas aux pieds

de *L'Homme qui marche*, comment aimer et comprendre les sculptures de Giacometti loin du 46 rue Hippolyte-Maindron à Paris, quand on sait que tous ceux qui eurent la chance d'y pénétrer attestèrent que ses murs griffonnés, son extrême étroitesse, son désordre, son inconfort, sa poussière, son encombrement, un dépotoir dirent les mauvaises langues, un lieu au bord de s'effondrer dit Genet affectueusement, ses montagnes de plâtre, ses figurines entassées, ses bouteilles de tébérenthine (dans le feu de l'exposé, je m'emberlificotai dans les syllabes), ses moulages en cours habillés de linges humides, ses sculptures en devenir, ses carreaux cassés remplacés par des bouts de carton, la chaise de cuisine inconfortable sur laquelle il faisait asseoir ses modèles desquels il exigeait une immobilité totale, et l'atmosphère indéfinissable qu'il y faisait régner,
je repris mon souffle,
et que la beauté même des traits de Giacometti, son absence totale de jugement moral devant les êtres et les choses, son empathie si grande à leur endroit, sa capacité à trouver tous les visages pareillement beaux – regarder un visage était une

aventure qui valait, disait-il, tous les voyages du monde –, son acharnement à les dessiner ou à les sculpter tels qu'il les percevait, c'est-à-dire d'un regard affranchi de la tyrannie naturaliste, parfois effroyablement petits comme ces figurines de la grandeur d'une allumette qu'il conçut dans les années 40 et qu'il se jura de ne plus jamais modeler, parfois en lames de couteau, ou la mâchoire proéminente, ou dangereusement étirés, regarde un visage de très près dis-je (à Bernard) : il est monstrueux, regarde-le de loin : il s'effile, car sa réalité extérieure ne se confond en rien avec la réalité perçue... toutes ces choses étaient indissociables des créatures qui naissaient de ses mains intranquilles.

Bernard se taisait toujours, et je me demandai soudain s'il ne s'était pas tout bonnement endormi.

Tu dors ? l'interrogeai-je sévèrement.

Je t'écoute, me répondit-il d'un ton calme.

Alors, sans le moindre égard à son endroit et avec une indélicatesse qui, deux heures après, éveillerait en moi quelques regrets, je poursuivis impitoyablement ma dissertation de baccalauréat, thèse et antithèse, surtout antithèse, pour la synthèse on attendrait, je poursuivis mon antithèse sur ce ton docte et exalté que je me détestais mais que j'étais incapable de maîtriser, ce ton docte et exalté que je détestais chez les chevaliers des causes perdues qu'étaient la plupart de mes amis, ce ton docte et exalté des Quichotte de la vérité bafouée comme j'en connaissais des dizaines et mon père en premier, lequel (ton docte et exalté) vous pousse immédiatement à prendre le contrepied et à vous lancer dans l'éloge de Goering ou d'un autre infâme, juste pour vous prémunir contre lui.

Les musées, prêchai-je avec le ton susmentionné et sans me soucier un seul instant de savoir si mon monologue intéressait ou non Bernard, les musées en contraignant les œuvres à l'exil et en les conservant telles des choses intemporelles

Intemporelles et temporelles, osa Bernard.

Les musées mon cher continuai-je (le mon cher dénotait chez moi un très vif agacement), les musées essaient de nous convaincre que les œuvres d'art sont hors du temps, hors des idéologies et hors du monde. Car c'est ça le rêve du bourgeois épris de grandes choses et muni d'une belle âme : s'engouer pour un art nettoyé de son contexte, un art nettoyé du scandale qui marqua son apparition, nettoyé du tollé que suscita l'*Olympia* de Manet, nettoyé des crachats et des cris offusqués que suscita *Le Christ crucifié au masque à gaz* de Grosz, lui assenai-je sur ce ton des grands jours que je me détestais et qui n'était pas exempt d'animosité je dois le reconnaître, une animosité perfide et insidieuse, une animosité qui n'était pas dirigée contre Bernard bien qu'il en fût l'infortuné récipiendaire, mais contre la situation qui me rendait anxieuse, contre moi qui avait consenti à cette situation, contre les raisons idiotes qui m'y avaient poussée, contre les institutions artistiques et leurs vicissitudes, contre le temps perdu, contre mon désappointement, contre ce silence du musée qui m'effrayait, contre les intonations de ma voix acrimonieuses et péremptoires, contre ce je ne sais quoi issu de régions de moi extrêmement lointaines et que je ne savais pas identifier.

Un art, continuai-je sur le ton prosélyte et hostile d'une pasionaria culturelle comme j'en connaissais des dizaines, un art où les avant-gardes qui furent de leur temps clouées au pilotis comme aurait dit ma mère, où les avant-gardes s'étaient vu peu à peu domestiquées, émasculées et rangées des voitures, leur subversion initiale et leur force critique devenues consommables autant que digestibles – m'emporter me faisait du bien, m'emporter en quelque sorte m'apaisait intérieurement, j'éprouvais même à m'emporter une sorte de délectation –, un art nettoyé du politique, de ses périls et de ses sales manières, un art devenu, au fil du temps et grâce à la plus-value que constituait sa présence dans un lieu consacré, parfaitement inoffensif, parfaitement bien élevé et parfaitement conforme à l'idéal régnant.

Je marquai une pause pour recharger mon emportement.

Tu n'as pas sommeil ? me demanda calmement Bernard qui devait penser que j'en avais fini avec mon apologue dont il connaissait par cœur les tenants et aboutissants pour les avoir subis d'innombrables fois sur d'autres thématiques – et dont les fondements étaient, pour résumer : l'aliénation de l'homme par l'homme et les méfaits irrémédiables du capitalisme – Bernard qui sans doute ne m'écoutait plus depuis un bon moment.

Mais j'étais loin d'en avoir fini avec ma conférence et, faisant comme si Bernard ne m'avait rien demandé, je me lançai dans la seule critique des musées par laquelle j'aurais dû commencer parce qu'elle était de loin la plus évidente. Les musées, avançai-je sur ce même ton édifiant, sectaire et agressif que j'avais en horreur et qui s'échappait malgré moi de mes lèvres, ce ton de conviction méchante de qui cherche davantage à se convaincre qu'à convaincre, les musées nous donnent l'impression qu'ils sont des espaces ouverts à tous et qu'il suffit d'acheter un ticket d'entrée pour s'ajuster à la joie infinie qu'ils dispensent ; mais c'est pour mieux nous faire oublier que nous vivons dans une société scindée qui hiérarchise les âmes et que, si l'art est mis à la disposition des foules, il reste en vérité le privilège de quelques parvenus dont il assure le blanchiment et la notabi…

Amen, murmura Bernard avec une malice tranquille.

J'attendais son approbation, et voilà qu'il répondait par l'ironie !

Je t'ennuie ? lui demandai-je avec humeur. Je t'emmerde peut-être ? Dis-le ! dis-je.

Bernard ne répondit pas.

Tu trouves que la question des musées est une question de luxe, un sujet pour bobos verbeux déblatérant sur l'Âââart et ce qui le menace, tandis que des hommes et des femmes se mordent les poings dans toutes les nuits du monde pour ne pas hurler leur misère ?

Bernard gardait le silence.

Tu dis rien ?

Bernard ne disait rien.

Tu t'en fous ! Dis-le ! dis-je.

Silence.

Je suis casse-couilles, c'est ça ! criai-je dans le silence de ce musée empli de choses sublimes (mais providentiellement sourdes).

Et je raccrochai, extrêmement contrariée.

Après quoi je continuai dans ma tête à conférer avec moi-même. La poésie, l'art sont en tout et partout, me dis-je avec cette fébrilité imbécile qui m'animait depuis un moment. Flaubert, Debord et d'autres l'ont écrit. Alors pourquoi les isoler, les mettre à part, les séparer, comme s'il y avait d'un côté l'art et de l'autre la vie, comme si l'art n'était pas le meilleur moyen *de comprendre et d'exercer la vie*, comme si l'art ne consistait pas précisément à embraser, à embrasser la vie.

Le téléphone sonna à nouveau. Bernard me rappelait.

Il me semble que quelque chose ne va pas, me dit-il. Tu es angoissée ? Tu as peur ? me demanda-t-il toujours sur le même ton calme mais cette fois dépourvu d'ironie, voire teinté d'une légère inquiétude. Tu es fâchée ? Qu'est-ce qu'il y a ? me demanda-t-il.

Je ne sais pas pourquoi, j'eus envie d'être méchante, de l'arracher à son calme. Je lui en voulais d'être si placide et bien au repos dans sa chambre – je l'imaginais nonchalamment allongé sur son lit, un livre à la main qu'il continuait de lire sans y paraître pendant que je glosais –, je lui en voulais d'être paisible alors que j'étais mal, alors que je souffrais, alors que je souffrais d'une souffrance froide dont j'ignorais la cause ce qui ne faisait qu'ajouter à mon désarroi. Mais je ne parvins pas à trouver sur l'instant les mots pour le blesser, ni le prétexte pour les dire.

Il y a, lui dis-je exaspérée et la voix vibrante, il y a que je tiens pour évident que les œuvres d'art s'accommodent mal des cages, seraient-elles de la grandeur du Louvre, s'accommodent mal des institutions officielles et de leurs affidés qui s'emploient à les rendre tout ce qu'il y a de plus docile et de plus présentable, s'accommodent mal des cercueils grandioses où sans pudeur on les exhibe et où elles ont froid, où elles ont peur, où elles perdent l'ardeur, la fièvre, la force, l'empreinte des passions qui les conçurent, et où elles sèchent sur pied, nues, glacées et comme mortes.

Je savais bien, me dit Bernard.

Tu savais bien quoi ? lui dis-je, agacée.

Je savais bien que tu avais une âme espagnole, me dit-il en riant.

Pourquoi tu dis ça ? lui dis-je sèchement.

Repose-toi, me dit-il sur ce même ton calme qui m'exaspérait. Bonne nuit ma chérie.

Je ne répondis pas et demeurai un instant sans réaction. Puis j'ouvris mon ordinateur et, mal assise sur mon étroit lit de camp, je me mis à

écrire, dans une sorte d'excitation méchante, ceci :
Je rêve d'un peuple qui arracherait ces œuvres à leurs tristes enclos, à leurs prisons, à leurs mouroirs, à ces hospices pour chefs-d'œuvre où elles sont confinées et dans les couloirs desquels les badauds se bousculent, puisqu'il faut bien qu'ils fassent quelque chose de leur temps vide et qu'ils s'en mettent plein l'âme de ces sublimités qui vont les hisser jusqu'à l'étage des nantis, c'est compris dans le prix.
Je m'arrêtai quelques minutes et poursuivis avec la même mauvaiseté :
D'autant que notre très avisé ministre des Distractions, s'appuyant sur le présupposé selon lequel l'art de masse est aussi bon pour le moral que pour la concorde humaine et l'élimination des toxines sociales, les invite aimablement à prendre part à la fête et à manger une miette du gâteau. Alors vous pensez bien (à qui t'adresses-tu, me demandai-je, qui essaies-tu de mettre dans ta combine ?) qu'ils ne vont pas manquer cette chance inouïe de profiter de la miette, qui plus est de la miette sublime, de la miette artistique qui va enfin

leur conférer la marque distinctive, le susucre précieux des êtres cultivés. Vous pensez bien qu'ils ne vont pas manquer cette chance inouïe de se modeler sur les puissants qui modèlent le monde, et de se soumettre avec délice à leurs marchandes injonctions, persuadés qu'ils sont, les pauvrets – et je me compte parmi eux, ne croyez pas l'inverse –, qu'en faisant acte de culture ils font forcément acte de liberté, c'est à se tordre.
Notre très optimiste ministre des Distractions se félicitait de constater pas plus tard qu'hier ajoutai-je, que la dernière des grandes expos parisiennes avait attiré une foule gigantesque. Rien d'étonnant à ça puisque c'est dans ce but précis qu'étaient conçues les grandes expos officielles : rendre la masse visible à elle-même afin qu'elle puisse croire en sa propre puissance, laquelle en réalité était égale à zéro, laquelle était sans durée, sans consistance, sans projet, laquelle n'existait pas, sinon comme une image de pub, comme le simulacre d'une mise en commun, pauvre pomme !
Je commençais à me sentir mieux, et mon excitation pouvait prendre à présent un tour plus magnanime.

Je me prends à rêver d'un peuple, continuai-je, qui logerait ses œuvres d'art dans les hôpitaux, les gares, les terrains vagues, sur les murs des cités, aux endroits les plus humbles mais où s'élabore une vie en commun, sur les places des villes, les docks, dans les cafés véhéments, les rades obscurs, les guinguettes, les restaurants, parmi les hommes et pour eux – je soulignai pour eux –, pour tous les hommes – je soulignai tous –, les minuscules et les puissants, les lettrés et les illettrés, tous les hommes sans distinction, au cœur même de leur vie quotidienne et dessous le ciel qui les couvre.

Et soudainement lyrico-bucolique :

Ou dans les vallées, les montagnes, les forêts vertes et noires, les landes girondines, les vergers du Midi tout bruissants de moineaux, les prairies de l'Ariège incendiées de coquelicots, les terres tristes et plates de la Beauce, les plages basques bordant l'insomniaque océan, loin des lieux réservés au luxe et à la culture, loin des palaces et des hôtels particuliers, n'importe où, pourvu que ce soit à l'air libre comme on l'appelle,

car les œuvres ont besoin d'un air libre plus que de toute autre chose, ce me semble,

exposées au sens littéral du terme c'est-à-dire posées au-dehors, offertes,
vieille utopie d'un lien indéfectible entre la vie et l'art, vieille utopie affirmant qu'il n'est d'art qu'art de vivre, qu'il n'est d'art qu'inséparé de la vie, indiscernable d'elle, abouché à elle,
vieille utopie à laquelle je ne peux, je ne veux renoncer, écrivis-je fiévreusement, c'est même la seule que je revendique haut et fort, quitte à paraître naïve, irréfléchie et entièrement dépourvue de pragmatisme. Voilà qui était envoyé.
Mon élan lyrique épuisé, je levai la tête que j'avais tenue penchée sur mon ordinateur, et ressentis à nouveau un vide en moi, un vide, me dis-je, que l'inquiétude ou l'effarement viendraient bientôt remplir, comme le voulaient les lois concomitantes de la physique et de la psychologie.
Pour l'instant, je considérais *L'Homme qui marche* qui était là devant moi avec la même froideur et le même détachement mathématique que j'aurais portés à une chaise, à une table ou à n'importe quel objet courant. Et si je le bravais ? Si je lui en imposais ? Si je le prenais de haut ?

me dis-je, tentant de recouvrer un peu de ma fierté. Et si je te mouchais le nez ? lui dis-je à voix haute. Et j'éclatai de rire devant la sculpture imperturbable, un rire sans joie comme en ont les bilieux et les angoissés et qui gela très vite, un rire dont je n'aurais su dire s'il était de dérision, de protestation ou de plainte, un rire qui résonna en tout cas d'une étrange façon dans ce lieu que les bruits de la rue n'atteignaient jamais et dont le silence de sépulcre me donnait l'impression d'être loin, très loin du monde et comme coupée de lui. Hors d'atteinte. Hors secours.

Et soudainement je me souviens du jeune homme qui, après avoir assassiné sa jeune maîtresse parce qu'elle l'a éconduit le jour même, est amené à l'hôpital psychiatrique d'Aix-en-Provence où j'exerce comme jeune interne, nous sommes dans les années 80.

Et je revois, comme s'il était là, devant moi, ce jeune homme secoué vingt-quatre heures durant et sans interruption d'un rire terrible, du rire le plus noir qui se puisse concevoir, d'un rire monstrueux, d'un rire qui est comme un hurlement monstrueux, un hurlement de terreur monstrueux, d'un rire monstrueusement discordant, le plus monstrueusement discordant que je n'aie jamais entendu, le rire qu'on prêterait au diable s'il existait, ou à qui aurait perdu toute humanité.

Son rire monstrueux résonne pendant vingt-quatre heures dans les corridors de l'hôpital Montperrin semant la terreur et la désolation chez les autres malades qui se mettent à gémir ou à sangloter, le rire monstrueux du jeune meurtrier formant avec la mélopée des pleurs et des gémissements des autres internés une oraison funèbre d'une tristesse folle et presque insupportable.

Toutes les paroles que les infirmiers, les psychiatres et moi-même adressons au jeune meurtrier ne font que redoubler son rire monstrueux.

Car le jeune meurtrier ne comprend plus du tout le langage des hommes.

Car le jeune meurtrier a quitté le monde des hommes. Il s'est jeté tout droit dans le gouffre effrayant, et plus personne désormais n'est en mesure de l'attraper ou de lui tendre la main.

Son rire monstrueux ne s'achève que lorsque les neuroleptiques qu'on lui injecte à dose massive le plongent dans le sommeil.
Alors les pleurs et les gémissements des autres malades s'arrêtent, ou plutôt deviennent plus sourds, étouffés. Comme des cris rentrés.
À ce souvenir, je me sentis mal.
Quelque chose comme un sanglot souleva ma poitrine.
J'aurais aimé, à ce moment de la nuit, être télé-portée, tout simplement, depuis mon lit de camp jusque dans mon appartement et croquer aux côtés de Bernard une tablette entière de chocolat pour me remettre, comme on dit.
Je crus soudain entendre un bruit de pas. Le monde extérieur continue donc d'exister, me dis-je en poussant un soupir de délivrance. Il s'agit certainement du gardien, pensai-je. Nous allons bavarder ensemble, il me tiendra compagnie et m'apprendra mille choses qui serviront de dérivatif à mes sombres pensées, mille choses sur les visiteurs étrangers : leurs poids, dimensions, contenance, odeurs, rythmes, vitesses de déplacement et leurs parlottes émises

dans les langues bizarres de tous les pays du monde.
J'attendis quelques minutes. Mais aucun autre bruit ne se fit entendre et personne ne vint.
J'en fus dépitée.
Mon désir d'une présence humaine était-il tel qu'il m'avait fait halluciner un bruit de pas ?
Ça n'était pas impossible.
Car moi qui avais longtemps prêché la solitude et le retirement comme conditions sine qua non à l'approche de la littérature – et dans le château de Duino si faire se pouvait –, moi qui avais prêché la solitude et le retirement comme conditions sine qua non à l'approche de l'art en général, je me pris à regretter la cohue, les bousculements, les bavardages, les c'est chiadé, top de chez top, bien torché, trop génial, ça en jette, c'est canon, ça me la coupe... des fils et des filles à papa (on parle peuple, en général, chez les fils et les filles à papa), et les que c'est beau ! quelle chatoyance ! quel dégradé de vert ! quel moiré ! regardez-moi la perfection de ce drapé ! incroyable ! quelle force ! tellement novateur ! merveilleux !.... des autres.

Je me pris à regretter les babils parfaitement étrangers, parfois, aux objets exposés et les agglutinements de mouches devant les toiles qui vous empêchent de vous esbaudir comme il est indiqué de le faire.
Je me pris à regretter toutes les molestations qui m'avaient enragée lorsque je visitais une expo dans les conditions habituelles.
Je me pris à regretter ces moments où, coudoyée par la foule, le regard happé ici ou là par je ne sais quel détail curieux, la doudoune rose bonbon d'une touriste chinoise ou le turban sophistiqué d'une Saoudienne à diamants, et mon attention soudainement détournée de son but, je n'avais pas reçu la beauté en pleine poire et pour ainsi dire à bout portant, mais de façon plus oblique, plus subreptice. En douce.
Je me pris à regretter ces moments où l'émotion m'avait prise au dépourvu, et où je m'étais laissé cueillir, inopinément et presque par mégarde.
Je me pris à regretter ces moments où, dérangée par la présence des autres que je qualifiais méchamment de veaux, de moutons et tout récemment de kangourous, je me pris à regretter

ces moments où j'avais constaté, non sans soulagement, que je faisais partie d'une communauté d'hommes et de femmes aussi démunis que moi, aussi désemparés, aussi imbéciles, et réunis, illusoirement peut-être, par leur désir de jouir d'un instant de beauté en espérant, en espérant quoi au juste ? que la beauté allait sauver le monde ? qu'elle était une promesse de bonheur ? du bon pain pour nos âmes ? un baume versé sur nos blessures ? une consolation ? la plus consolante des consolations ? une consolation plus fiable que l'amour ? plus forte que la mort ? l'illusion destinée à nous faire oublier que nous ne sommes rien ?

J'eus à ce moment-là, il était minuit et cinq minutes, la tentation de m'évader mentalement de ce tombeau géant en visionnant sur mon ordi n'importe quelle connerie, n'importe quel film qui me divertirait et apporterait à ces salles silencieuses un simulacre de vie et d'animation. Toujours assise sur mon lit de camp qui me fit penser tout à coup à une civière, je pris en cours l'épisode d'une série dans laquelle un comédien à mèche déclarait : Il n'y aura jamais qu'une femme dans ma vie et c'est toi ! sur le ton d'une novela

mexicaine, avec la gravité d'un acteur de novela mexicaine et le manque total de conviction d'un acteur de novela mexicaine.
Mais quelque chose m'empêcha de poursuivre la vision de ce film involontairement comique. La solennité du lieu, son silence ecclésial, son poids de sacré, sa charge sublime m'en empêchèrent. J'eus le sentiment confus que j'allais commettre un acte défendu et quasiment une forme d'outrage. Pour ceux qui comme moi n'ont jamais mis les pieds dans une église parce qu'ils ont eu un père communiste, férocement laïque et qui estimait que le savoir et la culture, ces deux mamelles du bonheur (mais à la condition qu'elles fussent conciliables avec des idées de gauche), étaient aussi nécessaires à l'esprit que l'air qu'on respire, pour ces enfants-là, disais-je, le musée c'est en quelque sorte l'église. On doit y affecter la même déférence religieuse, la même solennité et la même piété, on se plie aux mêmes liturgies et aux mêmes génuflexions mentales, on y est cérémonieux, on y parle bas, on menace d'un chut quiconque ose élever la voix, on y a l'âme mystique, on s'y recueille,

on y est passif, on y est craintif, on se fait tout petit.

Et voilà le résultat ! me dis-je, consternée.

Ce projet abandonné, je fus prise aussitôt du désir enfantin de m'enfuir pour me jeter dans les bras de Bernard et de courir à toutes jambes le long des galeries ainsi que l'avaient fait Anna Karina, Pierre Brasseur et Sami Frey dans le film *Bande à part* de Godard que j'avais vu à Toulouse en 1970 si j'ai bonne mémoire, je préparais une licence de lettres que j'abandonnerais bientôt pour faire médecine, les astronautes de la mission Apollo amerrissaient dans le Pacifique, Hendrix mourait à Londres d'une overdose de barbituriques, les GI's commençaient à revenir chez eux, certains dopés, d'autres devenus fous, la plupart bousillés dans leur âme et leur corps, et le prix Goncourt était attribué à Michel Tournier pour son roman *Le Roi des Aulnes.*

Je crus subitement saisir le sens de la course éperdue des trois délinquants de *Bande à part* le long des galeries du Louvre (moins de quarante-cinq secondes, montre en main, pour la traversée du musée). Je crus saisir qu'elle signifiait la crainte et presque l'effroi qu'inspire la beauté, le désir de prendre ses jambes à son cou pour la fuir parce que dangereuse, parce que *terrible* avait écrit Rilke (on ne couperait pas à sa citation), et en même temps le désir de quitter subito presto les lieux où elle était sinistrement encagée, de l'air, de l'air, de l'air.

Qui si je criais pourrait m'entendre ?
Quel ange parmi les anges ?
Et même s'il s'en trouvait un pour soudain me prendre contre son cœur ?
Trop forte serait sa présence et j'en mourrais car la beauté n'est rien d'autre que le commencement du terrible :
à peine supportable.

Mais après avoir hésité pendant dix bonnes minutes, je renonçai au projet de m'enfuir. Il me faudrait fournir des éclaircissements à Alina et je m'en sentais bien incapable.

Ne trouvant nulle échappatoire et ne sachant que faire de moi, je récapitulai mentalement la journée que je venais de passer, toujours mal assise sur mon lit de camp dans le musée sans vie.

Après le café du matin, j'avais parcouru un mauvais livre qu'un auteur m'avait envoyé et j'avais cherché, en guise de réponse, une formule assez vague pour qu'il l'interprétât à son avantage. Peu après, j'avais allumé la télé et vu sur Téva des enfants en laisse dans un documentaire sur les familles nombreuses lequel m'avait laissée quelque peu songeuse. Puis j'étais allée acheter ma baguette chez ma boulangère préférée qui avant de s'engouffrer dans son arrière-salle m'avait lancé : deux minutes et je suis à vous comme la sardine est à l'huile ! Au retour, j'avais discuté avec Yvette, ma voisine de palier, de la vogue des médecines parallèles dont elle était adepte : réflexothérapies, aromathérapies, auriculothéraphies, sylvothérapie, cynothérapies, magies diverses… et comme je laissais percer ma perplexité en ajoutant à la liste la couillonothérapie, ma voisine avait pris la mouche et mis abruptement fin à notre conversation. J'étais alors rentrée chez moi et m'étais livrée, par énervement, à un ménage frénétique. Calmée par cet exercice – je recommande le ménage à tous et toutes les énervé.e.s, le ménage produisant des effets relaxants à peu près identiques à ceux produits par le yoga avec un avantage en sus : celui d'être gratuit – j'étais

partie faire des courses à Monoprix et j'avais croisé en chemin un homme à la chevelure d'un noir de jais assis à même le trottoir et son bonnet placé à ses pieds pour y recueillir quelques pièces. Et cet homme avait posé sur moi un regard si implorant, si affamé, si tragique que, confrontée à lui,
je n'avais su que fuir.
Pour ne pas penser à ma lâcheté, à ce mal par imperfection comme Leibniz je crois le désigne, ce mal que nous ne voulons pas faire mais que nous faisons quand même, ce mal agir qui consiste à ne pas agir quand il serait si simple de faire un geste, ce mal banal que nous perpétrons journellement en apprenant dès l'enfance à l'évacuer de nos esprits comme on évacue notre merde, pour ne plus penser à ma lâcheté disais-je, je me mis à consulter les messages sur mon iPhone.
On m'invitait à participer à un colloque littéraire à Adélaïde, Australie. J'avais, depuis la maladie, refusé presque toutes les invitations à l'étranger au prétexte que la chimio m'avait rendue fatigable, ce qui était à la fois un alibi et un fait incontestable. J'éprouvais un plaisir aristocratique à

décliner des invitations pour lesquelles certains auraient vendu leur âme. À vrai dire, les voyages m'étaient depuis toujours pénibles, traîner une valise m'insupportait, monter dans un avion me jetait dans une angoisse indescriptible, débattre avec des écrivains habiles ou demi-habiles tout occupés à plaire comme je l'étais moi-même me démoralisait complètement, et faire une conférence sur mes propres livres au Japon ou en Argentine me semblait du plus haut ridicule. Posture hautaine sans aucun doute qui déguisait le désir secret d'être reconnue sans avoir à m'exhiber ou à me vendre, mais qui visait aussi à prouver à mes proches que je restais bien celle qu'ils avaient connue, à supposer qu'ils en doutassent.

Car si le prix Goncourt qui m'avait été attribué en novembre 2014 m'avait offert du jour au lendemain une petite renommée, en tout cas une vie où plus personne ne pouvait dire de moi *Elle a l'air bien modeste* – je m'expliquerai plus loin sur ce détail –, c'est de l'inverse à présent que je devais me défendre, je veux dire qu'il me fallait produire de grands efforts pour annuler la distance déférente que ce *titre* risquait d'établir entre moi et les autres, et surtout avec les gens du village où je passais la plus grande partie de l'année, lesquels accordaient au prix Goncourt une valeur indiscutable.

Pour atténuer l'éloignement qui risquait de s'établir entre eux et moi, je n'avais pas trouvé meilleur moyen que de plaisanter et de bavarder en leur compagnie sur un ton familier et parfois même, par délicatesse mais oui, sur un mode résolument vulgaire, n'hésitant pas à m'exclamer Putain ! ou Putain de Dieu ! lorsque je voulais exprimer ma colère ou ma consternation et retrouver ainsi avec eux un peu de la proximité perdue, tandis que les gens du village produisaient de leur côté des efforts symétriques et tout aussi délicats aux fins très amicales de diminuer un mérite qui pouvait soudainement me transformer en une étrangère doublée d'une arrogante, mon voisin préféré poussant son amitié jusqu'à m'appeler « ma bichette » en vue de m'arracher au piédestal funeste et de me pardonner ce qu'il considérait comme un triomphe.

Mais ces quelques minutes consacrées à lire mes messages ne furent qu'un répit. *L'Homme qui marche* était là, devant moi, et je ne pouvais me défendre de le regarder, et je ne pouvais en détourner mes yeux. Je l'avais trop aimé, trop mêlé à ma vie, pour faire comme s'il n'existait pas. C'est alors que je me mis à penser – on ne pense jamais que si l'on y est forcé, j'avais bien retenue la leçon deleuzienne –, je me mis à penser de la plus sombre façon – mes pensées, depuis le début de la nuit, étaient toutes extrêmement sombres sans que j'en comprisse le pourquoi –, je me mis à penser à ce qui m'avait conduite à l'admirer.

Avais-je été conditionnée à le révérer ? me demandai-je suspicieuse.

Avais-je été sans le savoir influencée par les discours des experts de la culture eux-mêmes assujettis, qu'ils le voulussent ou non, à ceux qui la finançaient ?

La valeur que je lui attribuais m'avait-elle été soufflée par ceux-là qui décidaient de la valeur des choses, les big data de l'époque en quelque sorte ? Ou l'avais-je empruntée à Genet ou à Leiris plus que je ne l'avais véritablement éprouvée en me persuadant tant bien que mal que j'y étais sensible ?

Était-elle le résultat d'une intimidation ou d'une obligation dictée par la sensibilité esthétique de mon temps et que j'avais intériorisée jusqu'à la croire mienne ?
À peine me disais-je que j'alignais là, peut-être, une série de lieux communs, que d'autres questions surgissaient.
Le fait de savoir qu'elle était la sculpture la plus chère de tous les temps (elle fut adjugée en 2010 à Londres à 74 millions d'euros), ce fait m'avait-il porté au respect, avait-il joué dans mon enthousiasme ? Cette idée me faisait horreur mais je ne pouvais l'exclure. Nous vivions dans un monde qui définissait l'être par l'avoir, et la beauté par son prix, je résume, et ces notions qui nous étaient insidieusement inoculées pouvaient, sans que nous le voulions et que nous en ayons conscience, s'imprimer en nous et devenir nôtres.
Pour être un trésor marchand *L'Homme qui marche* était-il pour autant un trésor artistique ? L'art n'était-il pas précisément ce qui ne se peut évaluer, ce qui est précisément inestimable en termes financiers ? ce qui reste souverainement étranger à toutes les nécessités

sociales, à leurs lois comme à leurs valeurs ? ce qui est d'une inconditionnelle et scandaleuse liberté ?

Et s'il était vrai que j'avais été conditionnée à aimer *L'Homme qui marche*, si le marché de l'art, ses dignitaires, ses promoteurs, ses commissaires d'exposition, pardon ses médiateurs créatifs, ses exégètes et ses artistes appointés m'y avaient implicitement conduite, comment m'émanciper de cette subtile emprise ? Comment m'en défaire ? Était-il possible de s'en défaire ? Était-il possible d'avoir un avis et un goût strictement personnels ? Était-il possible d'aller contre l'ordre culturel sournoisement imposé par les arbitres du goût et les dispensateurs des louanges et blâmes ?

Questions rebattues, j'imagine, questions à deux balles aux yeux des spécialistes patentés, et qui enfonçaient sans doute des portes ouvertes, mais des portes qui pour moi étaient restées fermées jusqu'à ce jour et que j'entrouvrais avec les précautions maladroites d'une provinciale à Paris.

Mais alors même que je réfléchissais à ces sujets sur lesquels je ne m'étais jamais penchée et qui à présent m'importaient, je me disais que ce goût pour *L'Homme qui marche* qui m'avait peut-être été soufflé et qui m'était entré dans le cœur par la bande, ce goût je me l'étais, après tout, véritablement approprié. J'avais fait entrer *L'Homme qui marche* dans ma maison intérieure ainsi qu'un certain nombre d'autres énergumènes avec lesquels d'ailleurs il se livrait à de grandes conversations et quelquefois à des disputes. Et au bout du compte, cela seul comptait, merde, me dis-je avec force. Seul comptait ce que j'avais fait de lui et ce qu'il avait fait de moi dans ma maison intérieure avec tous ceux qui s'y logeaient. Le reste : fariboles ! comme on disait dans l'ancien temps, je veux dire le mien.

Seul comptait le chant, avait écrit saint Augustin dans son traité *De musica*, la chose chantée ne comptant au fond que très peu. Seul comptait le chant que *L'Homme qui marche* chantonnait dans ma maison intérieure, d'une voix grêle, presque inaudible, une voix que j'imaginais semblable à celle de *Joséphine la cantatrice*, mais qui ne résonnait plus du tout en moi depuis que j'étais entrée dans ce foutu musée. Seul comptait son chant, me disais-je, un chant qu'il entonnait parfois avec les autres locataires que je n'hésitais pas, avec une impudence rare, à appeler mes amis, et parmi lesquels je comptais François Rabelais, Blaise Pascal, Laurence Sterne, Charles Baudelaire, Virginia Woolf, William Faulkner, Antonin Artaud, Samuel Beckett, Elfriede Jelinek et quelques autres, l'ensemble formant un chœur un peu bigarré peut-être, un peu disparate et assez dissonant, mais qui avait la vertu de m'appartenir en propre, mieux : qui faisait partie intégrante de moi et contribuait en grande part à l'écriture de mes livres, parfaitement !

Je me souvins brusquement – mes pensées allaient en tous sens – je me souvins d'avoir lu que Giacometti, lorsqu'il visitait le Louvre dans les dernières années de sa vie, portait une attention plus grande aux visiteurs qui se pressaient devant les antiquités sumériennes qu'aux antiquités elles-mêmes. Il avait une curiosité insatiable des visages vivants.

Et des gens qu'il croisait dans la rue, il disait – je me souvins de l'avoir lu : ils m'étonnent et m'attirent plus que n'importe quelle peinture ou sculpture.

Moi aussi, pensai-je à voix haute, et la phrase résonna dans le vaste espace avec un timbre que je reconnus à peine.
Je ne savais toujours que faire de moi.
Je m'encombrais.
Je décidai de me poser, de me reposer dans un texte.
Je relus sur mon ordinateur ces lignes de Rabelais que j'avais retranscrites et dont la lecture avait d'ordinaire le pouvoir de me revigorer et de me mettre en joie (je me disais d'ailleurs qu'en comparaison des ci-dessous pantagruélades le fragnol de ma mère était de la gnognotte) :
Comment Pantagruel rencontra un Limousin qui contrefaisait le langage français
Un jour, je ne sais quand, Pantagruel se promenait après souper avec ses compagnons, passait la porte que l'on prend pour aller à Paris. Là il rencontra un écolier tout pimpant qui venait par ce chemin et après un échange de saluts, il lui demanda : Mon ami d'où viens-tu à cette heure ? L'écolier lui répondit : De l'alme, inclite, et célèbre Académie que l'on vocite Lutèce.

Qu'est-ce à dire ? dit Pantagruel à un de ses compagnons.
C'est, répondit-il, de Paris qu'il s'agit.
Tu viens donc de Paris, dit Pantragruel. Et à quoi passez-vous le temps, vous autres messires les étudiants, à Paris ?
L'écolier lui répondit : Nous transfrétons la Séquane au dilucule et au crépuscule ; nous déambulons par les compites et les quadrivies de l'urbe ; nous despumons la verbocination latiale, et, comme verisimiles amorabonds, captons la bénévolence de l'omnijuge, omniforme et omnigène sexe féminin.
Certaines diécules, nous invisons les lupanars[…], et en extase vénérique, inculquons nos vérètres dans les pénitissimes récesses des pudendes de ces mérétricules amicabilissimes ; puis cauponisons dans les tabernes méritoires de la Pomme de Pin, du Castel, de la Madeleine et de la Mule, belles spatules vervécines perforaminées de pétrosil, et si, par forte fortune, il y a rareté ou pénurie de pécune en nos marsupies, et si elles sont exhaustes de métal ferruginé, pour l'écot nous dimittons nos codices et vestes oppignerées,

prestolant les tabellaires à venir des Pénates et Lares patriotiques.
Mais je relus ces phrases sans la moindre gourmandise et elles ne m'inspirèrent rien.
Cœur et cerveau secs.
Du reste, mon espoir que l'inspiration, comme on l'appelait encore, que l'inspiration me visitât et me dictât des paroles profondes à propos de *L'Homme qui marche* disparaissait à mesure que la nuit avançait.
Je restai là, mal assise sur mon lit de camp, déconfite, piteuse et comme ahurie.
Idiote.
J'étais dans un état qui tenait le milieu entre une exaspération contenue et le sentiment d'être écrasée, je dirai même humiliée, comme si tout convergeait, en ce lieu de grandeur et de solennité pour me rappeler ma petitesse et mon insignifiance : l'entrée grandiose de l'hôtel Salé, l'escalier d'honneur monumental, les vastes salles qui regorgeaient de trésors inestimables, les lambris magnifiques, les lustres dessinés, tiens, par Diego Giacometti, le passé prestigieux hanté par quelques noms fameux, Pierre Corneille et le duc de Villeroy

favori de Louis XIV, tout était imposant autant que j'étais minuscule, tout semblait conspirer à mon amoindrissement, que dis-je ? à ma débilitation ? que dis-je ? à mon anéantissement.
J'éprouvais le contraire exactement de ce qu'eût dû induire l'art s'il fallait en croire ses adeptes, le contraire exactement du sentiment d'exister, le contraire exactement de l'esprit de révolte et le contraire exactement du sentiment de puissance que l'art était censé faire fleurir ou fortifier.
Et le peu de confiance en moi dont j'étais nantie se délitait peu à peu et tombait en poussière à mesure que la nuit avançait.
En bref, j'étais aussi mal à l'aise que dans un salon mondain, mais pour des raisons différentes. Quoique.
Me vint tout à coup à l'esprit le souvenir d'une invitation à dîner que j'avais eu la bêtise d'accepter au prétexte que je voulais m'instruire des mœurs de la bonne société comme on la nomme.
Au début du repas – j'en ai le souvenir précis – toutes les conversations se concentrèrent sur le prix Renaudot qui venait d'être attribué à Didier

Montluçon, la maîtresse de maison n'arrêtant pas de dire que son livre était une bouse, je ne trouve pas de meilleur terme répétait-elle, une bouse répétait-elle, une vraie bouse répétait-elle, une grosse bouse répétait-elle, image qui semblait réjouir immensément les convives lesquels s'émerveillaient de la liberté de ton de leur hôtesse, quel tranchant, quel toupet, quelle drôlerie, c'était proprement renversant.
Une fois épuisées les discussions sur l'attribution du Renaudot à Didier Montluçon tellement osées et joyeuses mais auxquelles je m'étais abstenue de prendre part pour la simple raison que j'exécrais les tribunaux quels qu'ils fussent et les littéraires en particulier, chacun y alla de sa petite histoire sur la déception causée par un roman primé pour des raisons qui n'avaient rien mais alors strictement rien à voir avec la littérature, et dont le prix n'était que le fruit de manœuvres saumâtres, de combines d'éditeurs bassement financières, en un mot des magouilles dit le cinéaste qui nous recevait en faisant mine de se boucher le nez. C'est quand même malheureux ! s'exclama son épouse en faisant passer le plat de salade estivale au melon. Et tous

les convives en convinrent. C'est le renom de la France qui est en jeu ! ajouta l'épouse du cinéaste, c'est son prestige culturel qui est en jeu ! appuya-t-elle en portant un regard circulaire sur la tablée. Et tous nous eûmes soin de prendre un air très affligé.

Après cet intermède de haute indignation, la conversation générale laissa place à de plus intimes apartés, un supplice pour moi qui suis entièrement dépourvue de l'art de converser et n'aime rien tant que la compagnie des silencieux – j'avais d'abord écrit des taiseux, mais non, ce sont les êtres qui habitent et portent en eux le silence dont j'apprécie la présence, et non pas forcément ceux qui, pour x raisons, la ferment. C'est à ce moment-là que l'épouse du cinéaste, qui avait été dans sa jeunesse une comédienne en vue, puis une comédienne de moins en moins en vue, puis une comédienne carrément invisible, chuchota à l'oreille de mon ami en me désignant du menton : *Elle a l'air bien modeste.*

À ces mots que mon ami me rapporta le lendemain et qui dissimulaient mal leur condescendance, une colère folle me submergea qui dura plusieurs jours. Je ne pus m'expliquer sur le moment une réaction dont la violence m'impressionnait moi-même, et qu'aujourd'hui encore je ne sais comment comprendre. Je sais seulement que ces mots, en apparence anodins mais qui venaient objectiver une *différence de catégorie* comme aurait dit ma mère, une différence de caste, une différence de milieu que j'avais crue imperceptible et dont je découvrais qu'elle était inscrite à tout jamais sur ma gueule et dans mes façons d'être en dépit des bonnes manières que j'avais laborieusement (et sans doute mal) acquises,

je sais seulement que ces mots que je reçus comme un affront me mortifièrent si douloureusement que j'envisageai sur-le-champ d'aller régler son compte à cette infecte femme et lui casser la gueule. Pour qui tu te prends pauvre conne ? lui lancerais-je. Pauvre conne prétentieuse ! C'est d'avoir montré ton cul sur des écrans qui te monte à la tête ? Ça te fait jouir de prendre les autres pour de la merde ? Je vais te la faire bouffer la merde ! etc., etc.

Je ne mis jamais à exécution ces menaces toutes verbales à l'encontre de celle que je rangeai

immédiatement au nombre de mes ennemi.e.s mortel.le.s, menaces que mon ami d'alors jugea totalement disproportionnées et quasiment délirantes. Ton orgueil te fait perdre la boule, me dit-il. Tu t'égares. Depuis quand le qualificatif de modeste serait-il une injure et une humiliation sociale ? Raisonne-toi ! m'exhorta-t-il, le visage sévère, tant il lui semblait inconcevable que je puisse me laisser atteindre par des propos aussi anodins et prononcés par une personne qui ne m'était rien.
Mais plus je me raisonnais, plus je m'enflammais, et plus je débusquais de nouveaux motifs de me révolter qui ne faisaient qu'accroître ma colère. Ça va chier, fulminais-je les dents serrées, ça va faire mal putain, je vais lui flanquer la raclée de sa vie à cette salope méprisante, je vais la lui faire entrer dans le cerveau sa langue de pute, j'en peux plus de jouer les pauvres bien élevés... Allons, allons, me faisait mon ami comme on réprimande un enfant capricieux, cool ma poule me disait-il. Ce qui ne faisait – réaction universellement connue – que mettre le feu à mes poudres. Et plus ma colère croissait, plus elle virait au noir, plus mon ami était excédé

par mes fulminations et mes vaines comminations. Si bien que, pour m'amener à des propos un peu moins véhéments, il dut faire preuve de ruse et, par injonctions progressives, aiguiller ma colère vers des sujets géopolitiques autrement plus altruistes et généreux : la guerre au Viêtnam notamment qui à l'époque mobilisait tous nos esprits.

Cette phrase, *Elle a l'air bien modeste*, se planta dans la chair de mon orgueil et y resta longtemps, écharde empoisonnée.

Jusqu'au jour où je convertis cette écharde en roman : *Pas pleurer*.

Dès lors, je veux dire dès le lendemain de ce dîner mondain, je fis de la modestie la vertu suprême. Et c'est elle, je crois, qui me fit aimer *L'Homme qui marche*.

Dès lors, la décision d'écrire s'imposa comme un recours, je n'ose dire comme un salut, devant tout ce qui était susceptible de m'amoindrir et de me faire mal.

Me serais-je lancée dans l'écriture sans cet *Elle a l'air bien modeste* ? Il m'arrive de me le demander.

Par je ne sais quel enchaînement d'idées, le souvenir de cette soirée bourgeoise en appela un autre : le souvenir des promenades du dimanche à Auterive avec ma mère dans le quartier des villas qui nous faisaient rêver parce qu'elles possédaient un jardinet, une balançoire, des rosiers grimpants à roses rouges et des noms de baptême tels que *Les Charmettes*, *Les Pitchounets*, *La Niche*, *Au Bon Accueil* ou *Chez Poupette.*

Ma mère et moi nous arrêtions devant chacune d'elles pour les admirer à loisir et nous apercevions derrière les volets les meubles imposants d'une pièce appelée salon. Alors nous rêvions tout haut d'habiter un jour l'une de ces demeures, avec un balcon fleuri peut-être, ou peut-être une véranda et une piscine de dix mètres sur cinq avec des lauriers-roses tout au long de la haie, et dans ma chambre – je le précisais à chaque fois – un lit à baldaquin. Et nos rêves, nos confabulations, nos plans sur la comète faisaient partie intégrante de nos vies, au même titre exactement que ce qu'on appelle la réalité, je pense même aujourd'hui qu'ils en étaient le cœur. Nous rêvions tout haut d'une autre vie, plus aisée, plus suave, plus musicale, plus veloutée, plus moelleuse, plus caressante, une vie plus *considérée* proposait ma mère, une vie qui viendrait adoucir l'âpreté du présent et où j'achèterai en boutique des pantalons à pattes d'éléphant c'était la mode, mais surtout une vie sans mon père me disais-je en moi-même, une vie où je n'aurais plus à subir ce dictateur me disais-je en moi-même.

Venait le moment où immanquablement je demandais à ma mère quand est-ce qu'elle prendrait la décision salutaire, je disais même la *décision médicale*, de divorcer d'avec mon père, je disais parfois d'avec Staline, et d'épouser monsieur Aznar lequel avait une épicerie bien achalandée rue de la République et des perspectives d'avenir autrement plus radieuses, en tout cas moins accablantes et tempétifères que celles qui menaçaient l'horizon paternel. Alors ma mère me disait *icallate ! no digas esas tonterias !* tout en se retenant de rire, et nous continuions notre promenade le long du chemin Saint-Loup, tout à nos songes.

Va, avance désarmé. Chaque fois que je suis confrontée à une situation critique et que le bois dont je suis faite commence à s'effriter, je me récite tout bas ce vers de Hölderlin car vous l'avez compris j'ai l'âme poétique. Je me répétai donc une fois encore, *Va, avance désarmé*, incommodément assise sur mon lit de camp, aux pieds de *L'Homme qui marche*, dans le musée désert. Plus que jamais, la difficulté de la situation l'exigeait. Mais comment, me disais-je, avancer désarmée devant *L'Homme qui marche* ? Avancer désarmée, était-ce avancer dans les conditions de cette nuit interminable, je veux dire sans guide, sans appui, sans présence humaine, sans réconfort aucun, sans rien à quoi me raccrocher ?

Était-ce avancer avec la fameuse innocence, la fameuse liberté, la fameuse fraîcheur et la fameuse puissance poétique de l'enfance enchantée ? de l'enfance enchantée des enfants qui connaissent à neuf ans le prix de leur iPhone ?
Ou était-ce avancer telle une fillette atterrée et sans autre arme que ses pleurs face au père redoutable ?
Encore des questions à deux balles. C'était la nuit des questions à deux balles. Et je n'étais pas en mesure d'aller débusquer ce qui gisait en dessous d'elles.
Les musées ne sont pas conçus pour les enfants, notai-je en moi-même avec un serrement de cœur. Comment pourraient-ils y jouer, y courir, s'y cacher, et rire aux éclats sans qu'un gardien les admonestât ?
Je sentis une inexplicable tristesse descendre en moi. Cette tristesse était-elle due à la nuit qui presque toujours m'accable ? À ma situation absurde d'enfermée volontaire ? À l'austérité de l'endroit ? À son silence de tombe ? Ou procédait-elle de mon inaptitude incurable à transporter mon ressenti jusqu'à son expression ? de ma

désillusion ? de ma frousse ? de mon cœur rétif ? du sentiment que je gâchais le privilège inouï qu'Alina m'avait offert ? de ma volonté plus ou moins consciente de faire échouer le jeu qu'elle m'avait proposé ? ou de la crainte que mes émotions artistiques ne se fussent définitivement atrophiées ? (Les émotions artistiques qui sont le fin du fin des émotions humaines, qui sont les plus élevées, les plus nobles et les plus fécondes des émotions humaines, tout le monde vous le dira.)
Et s'il était vrai que mon cœur et mon imagination étaient éteints et durs au point que je ne savais rien éprouver d'autre qu'un malaise confus, s'agissait-il d'un état qui m'était personnel, ou d'une sclérose de la sensibilité qui affectait tous ceux et celles de ma génération ?
À moins que cette insensibilité, cette indifférence à l'art ne fût chez moi le signe d'une résistance intérieure à l'abandon et à la disponibilité que requéraient les œuvres, le signe d'un refus plus ou moins conscient d'en être bouleversée ? J'étais bien infoutue de le dire.
Le lit de camp sur lequel je suis assise est extrêmement inconfortable, et te dicte sans doute

ces mauvaises pensées ma vieille, pensais-je dans un éclair de lucidité. Car les mauvaises pensées souvent ne tiennent qu'à ces choses infimes : une assise incommode, un dos endolori, une âme mal logée, un fruit vindicatif qui vous tombe sur le coin de la tête. Alors qu'il suffit d'avoir le derrière bien calé dans un fauteuil douillet et ce fauteuil douillet bien calé dans un salon de luxe pour qu'aussitôt les idées optimistes accourent vers vous ainsi que les sentiments humanistes qui vont avec (mais pas toujours).

Pour reprendre du poil de la bête, au sens propre comme au figuré, j'ouvris mon portefeuille pour regarder la photo de Nana. J'ai quelque honte à avouer cette faiblesse, mais je m'étais assigné la tâche de retenir tous les menus événements qui surviendraient durant cette fameuse nuit, jusqu'aux plus insignifiants, jusqu'aux plus apparemment insignifiants, avec la volonté d'être exacte et quitte à paraître à mon désavantage.

Je regardai donc la photo de Nana dont je vais dire ici, en quelques mots, l'histoire.

Bernard et moi avions depuis toujours un lien très heureux à notre voisine Sandrine que nous aimions beaucoup et à Nana sa chienne. Par un mystère qui me reste opaque encore au moment où j'écris ces lignes, Nana, un jour, commença de fuguer pour nous rendre visite. Elle fugua une fois, elle fugua deux fois, elle fugua dix fois, elle fugua vingt fois et davantage, et chaque fois nous devions la ramener chez Sandrine ou Sandrine venait la rechercher chez nous. Jusqu'au jour où Nana refusa absolument de repartir de notre maison. Elle fit la morte pour ne pas repartir, elle se laissa traîner comme un paquet pour ne pas repartir, elle résista à toutes les suppliques pour ne pas repartir, elle se montra inébranlable dans son désir de ne pas repartir et elle l'imposa avec une résolution qui nous impressionna. Nous la gardâmes donc, très heureux de sa décision, mais très embarrassés vis-à-vis de Sandrine, laquelle réagit avec l'élégance et la gentillesse qui lui étaient naturelles.
Nana désormais habitait avec nous et manifestait en toute occasion sa gratitude et son contentement de partager notre vie. En toute

occasion elle remuait sa queue et couchait ses oreilles, en toute occasion elle manifestait avec exubérance l'affection dont son cœur débordait : gambades, roulades, culbutes, folâtreries fantasques et jappements de félicité, en toute occasion elle nous offrait sa joie, une joie parfaitement pure, innocente, sauvage, une joie inouïe, inusable, comme nous rêvons tous d'en éprouver un jour. Et nous étions extraordinairement fiers qu'elle ait su décider de sa vie, de ses plaisirs et de ses servitudes avec une détermination qu'il nous arrivait très sérieusement de lui envier.

Cependant, la voir en photo, voir son museau si doux, ses oreilles pointues de bâtarde husky, voir son regard pensif qui me rappelait le regard de pietà de ma mère et celui de Blaise Pascal, la voir en image dans cette circonstance sinistre ne parvint pas à me revigorer et ne résolut aucunement la question de l'incapacité où j'étais d'accueillir et de recevoir en moi la présence de *L'Homme qui marche*.

Je me redis, pour me consoler de mon impéritie – terme qualifié de *littéraire* dans le dictionnaire Larousse, autrement dit en voie de perdition, et que j'ai, de ce fait, un certain plaisir à caser –, je me redis que cette impéritie que je me reprochais était, au fond, de même nature que celle qu'avait ressentie Giacometti en façonnant ses sculptures, et de même nature que celle dont Balthus avait fait l'imparable constat : plus nous contemplons un objet et plus il nous est étranger.

Il s'agissait évidemment d'un argument visant à me disculper autant qu'à me défendre. Car il fallait absolument que je trouvasse des arguments visant à me disculper autant qu'à me défendre (mais me défendre de quoi ?), ou tout au moins des arguments qui justifiassent à mes propres yeux mon absence désespérante de réceptivité à l'art et mon absence désespérante d'exaltation esthétique.

Heureux celui qui plane sur la vie, et comprend sans effort le langage des fleurs et des choses muettes !

Pour le moment, je n'y comprenais rien.

Il me restait toutefois une issue : tourner mon échec, ou ce que je vivais comme un échec, en objet de méditation, méditation sur l'impuissance à ressentir des émois artistiques et, par association d'idées, méditation sur l'impuissance à créer des émois artistiques.

Peut-être même ferais-je un jour, me dis-je, l'éloge de l'impuissance à créer comme ayant partie liée avec l'acte créateur.

L'idée me séduisit. Je la notai, toujours très mal assise sur mon lit de fortune.

Pour l'instant je pensais à celle (impuissance) dont Giacometti avait si souvent parlé lors de ses entretiens.

Car personne n'avait dit mieux que lui la difficulté de sa tâche, sa difficulté à faire apparaître la présence dans le modèle, sa difficulté à restituer dans un corps immobile le mouvement de la vie (comme les Grecs surent si bien le faire), sa difficulté à attraper l'homme en son entier (l'homme apparent et l'homme intérieur) et sa difficulté à traduire sa solitude sans appel dans le monde et devant la mort.

Personne n'avait exprimé mieux que lui son mécontentement devant ses propres œuvres.

Personne n'avait répété avec autant de conviction : C'est raté. C'est pas ça. C'est mauvais. C'est à refaire. C'est de la merde. Je suis nul. Je vais tout foutre en l'air. Ça me dépasse. Sculpter

une figure c'est engager le combat avec l'impossible, c'est vouloir l'inaccomplissable. (Écrire était-ce aussi cela ?)
Personne n'avait plus que lui décrié, dévalué, insulté, déconsidéré son propre travail, déclarant à qui voulait l'entendre qu'il n'était ni sculpteur ni peintre, non qu'il fût animé d'une de ces coquetteries d'artiste qui ne sont qu'affectation d'impuissance, mais au nom d'une désarmante, d'une candide, d'une humble sincérité.
Personne n'avait dit aussi sincèrement que lui et sans la moindre ostentation son impuissance à représenter l'homme,
une impuissance qui le faisait revenir inlassablement sur la figure qu'il façonnait, au point de l'abandonner en chemin, découragé, *je ne m'en sortirai jamais*, et parfois même au point de la détruire et de la bazarder. Sans cesse sculptant et sans cesse détruisant, se fâchant comme un enfant contre ses mains pataudes, jurant, gémissant c'est très mauvais, c'est à chier, et parfois s'effondrant la tête dans les mains devant la chose avortée, reprenant à zéro ce qu'il avait détruit la veille en fumant cigarette sur cigarette, modifiant au dernier moment telle statue

pour une expo au grand dam de Diego, se méfiant d'autres fois de la trop grande aisance de ses gestes sculpteurs, sans cesse attaquant, malaxant, meurtrissant, sans cesse pétrissant, corrigeant, ajoutant ou arrachant à coups de gifle, à coups de canif, ou à coups d'ongles (qu'il portait longs et noirs) la glaise sur la structure de métal, faisant puis défaisant jusqu'à l'épuisement, nuit après nuit comme l'autre sa toile, pendant parfois quinze heures d'affilée et sans souffrir aucune diversion, les yeux douloureux, brûlants, battus de fatigue à force de scruter son modèle, s'égarant, revenant sur ses pas, essayant d'attraper l'unique d'un visage, cette merveille des merveilles – le Caravage leur portait le même amour –, ne cherchant jamais à faire de l'effet ni à impressionner, intransigeant, d'une intransigeance maniaque, d'une intransigeance folle et d'un engagement sans mesure dans sa passion, aucun engagement je crois ne fut plus entier que le sien, considérant son travail comme toujours inachevé, toujours perfectible, jamais bouclé, jamais totalement atteint, se repentant, recommençant encore et encore et encore de façon presque compulsive, *jamais je n'arriverai à mettre dans un portrait toute la force qu'il y a dans une tête*, avançant puis reculant ou plutôt avançant en reculant à la façon des écrevisses, et s'abîmant dans son travail à l'heure où les autres dorment, quitte à passer pour un loser ou un impuissant, ce dont il n'avait rien à cirer, mais avec l'espérance d'y parvenir un jour, un jour béni, un jour de grâce.

Car Giacometti se foutait éperdument d'être le mâle qui réussit tout, d'être le couillidé triomphant comme aurait dit ma Chloé (tout couillidé qui se respecte considérant qu'un homme qui erre ou qui échoue est un pauvre type, une chiffe, un minable, une lope, pour ne pas dire un moins que rien, et ne concevant d'autre modèle de – je cherchai un autre mot que réussite dont le sens avait été confisqué par les nouveaux langages – d'autre accomplissement que le sien : fort couillu).

J'incline même à croire qu'il en tirait une certaine fierté de son art d'échouer.

J'incline même à croire qu'il le cultivait aux petits oignons son art d'échouer, qu'il se mettait exprès des bâtons dans les roues afin de le parfaire son art d'échouer.

J'incline même à croire qu'il faisait le bras de fer avec l'absolu (par définition impossible à fléchir), qu'il lui livrait bataille pied à pied et à front découvert, qu'il lui tenait tête de façon insensée, à nous deux ! comme emporté par une force qui le débordait, afin de grandir, je veux dire d'empirer son art d'échouer.

Je le soupçonnai même de saborder délibérément certaines de ses pièces, de faire délibérément des gestes malhabiles, dans le but d'exaucer son art d'échouer.

Je pense qu'il voulait se prouver de la sorte que ce que l'on taxait d'impossible restait toujours à tenter, toujours toujours toujours, qu'il était au fond le seul pari qui vaille, ce à quoi je souscrivais à cent pour cent.

Qu'il était le seul pari qui vaille, tout en sachant qu'au final il serait, nous serions *rendus au sol, avec un devoir à chercher, et la réalité rugueuse à étreindre.*

Que l'art résidait précisément dans cette tentative toujours recommencée d'atteindre à la

perfection d'une fleur, et de courir après, la vie durant.
Et que seule cette conscience d'un impossible à atteindre pouvait permettre de s'en approcher un tout petit peu, ce qui était, me dis-je avec fierté, la position des libertaires espagnols durant la guerre civile de 36, la position de mon oncle Josep et de mon oncle Juan, et la position aujourd'hui si décriée des anars.
Je commençai à penser qu'il s'agissait là, éventuellement, de quelque chose qui méritait d'être écrit. Et forte de cette amorce de projet, je notai sur mon carnet la phrase suivante : L'art d'échouer de Giacometti était si hautain, si furieux, si phénoménal, qu'il en devenait grandiose et faisait taire les soupçonneux de tous poils. Il lui consacra sa vie.
Et tout en notant ces mots, je me dis que, pour corroborer mon dire dans le texte final, je l'ornerais de ces phrases prononcées par Giacometti que j'avais retranscrites intégralement sur mon carnet parce qu'elles m'avaient fait une très forte impression :
Alors qu'il y ait résultat ou non qu'est-ce que vous voulez que ça me fasse ? Qu'à l'expo il y ait

des choses réussies ou ratées, ça m'est indifférent. Comme c'est raté de toute manière pour moi, je trouverais normal que les autres ne regardent même pas.

Qui d'autre que Giacometti, avais-je songé, aurait pu prononcer une phrase d'une telle humilité ?

Je lus aussi sur mon carnet cette note consignée la veille : Voir Alain Jouffroy, Giacometti, *métaphysique de l'impossible.*

Par *métaphysique de l'impossible* Alain Jouffroy désignait, je crois, cette particularité propre à Giacometti qui existait comme artiste, précisément, par la conscience aiguë qu'il avait de son impossibilité à l'être, par la conscience aiguë qu'il avait de s'acharner passionnément et sans perdre courage pour une fin qu'il savait par avance perdue.

Car traduire par la sculpture ou la peinture ce que ses sens percevaient de la réalité constituait pour lui une visée inatteignable. Et c'est probablement parce que cette visée lui semblait inatteignable qu'il la désirait aussi ardemment, aussi follement, aussi désespérément.

La pensée me vint tout à coup que j'avais été désagréable avec Bernard et que j'avais fait preuve à son endroit d'une odieuse muflerie. J'en eus sur le moment quelque regret. Mais je ne voulais pas me laisser distraire par des stupidités de cet ordre, utiles j'en conviens lorsqu'on cherche à se soustraire à la réflexion, mais tout à fait embarrassantes lorsqu'on s'évertue à tirer la substantifique essence d'une expérience en tout point inédite. Tu ne vas pas perdre ton temps avec ces conneries ! m'intimai-je. Des soucis de midinette ! me fâchai-je. Tu as bien mieux à faire ! Balayons ces préoccupations vulgaires qui nuisent au calme nécessaire à la pensée ! m'exhortai-je. Et je poursuivis le cours de mes méditations sur cet *impossible* auquel Giacometti se sentait tenu, méditations qui étaient d'une tout autre hauteur que mes petites misères conjugales. Jugez-en.

Dégager la présence d'un être, en pénétrer le secret – ce qui ne relevait, pensait Giacometti, ni de l'acuité d'une perception, ni de la qualité du regard, ni d'une certaine idée de l'espace, mais d'une relation d'empathie, d'un courant d'amitié qui passait par ses mains, qui animait ses doigts et imprégnait son lieu, ce courant d'amitié qui le fit s'exclamer, émerveillé, devant Genet dont

il tentait de faire le portrait : comme vous êtes beau ! puis préciser : comme tout le monde, ni plus ni moins –,
attraper un visage, sa beauté, son secret, sa blessure enfouie, son caractère absolument unique,
attraper ce qui de lui se dérobait sans cesse et échappait à toute prise, ce quelque chose qu'on voyait et qu'on ne voyait pas, ce quelque chose d'impondérable et d'évident à la fois, ce quelque chose qu'on ne pouvait confondre avec son apparence,
capturer cette fameuse ressemblance qui le fascinait tant et qui était bien autre chose que l'imbécile ressemblance des traits laquelle faisait souvent obstacle à l'autre, la secrète,
cette fameuse ressemblance qui était une ressemblance tout aussi matérielle qu'immatérielle, une ressemblance invisible au cœur du visible et presque hallucinée,
toutes ces choses constituaient pour lui autant de projets dont il ne pouvait venir à bout,
des projets dont l'aboutissement s'éloignait au fur et à mesure qu'il s'en approchait,
mais qui, impérieusement, l'appelaient.

Sculpter une tête telle qu'il la voyait, tout simplement, et dans le sens le plus élémentaire : rêve impossible, confiait-il à un critique d'art.

Recommence toujours à nouveau la louange ; parfaite, elle ne fut jamais. C'est ce que, après Rilke, il aurait pu dire.

Me revint à l'esprit la façon odieuse que j'avais eue de m'adresser à Bernard, comme s'il avait été responsable de mon enfermement dans le musée sans vie, et responsable de mon inaptitude à transformer cet enfermement en une expérience digne d'écriture. Je me promis alors, pour ne pas que ce petit souci prît une ampleur démesurée, je me promis de faire amende honorable (mais d'où venait cette expression ?) et d'être avec Bernard, dès mon retour, la mansuétude même. Puis, mal assise sur mon lit de camp, j'élaborai l'écriture mentale d'un texte, que voici plus ou moins fidèlement retranscrit.
Figurer la vie, cette merveille qu'est la vie, comme le disait souvent Giacometti, figurer son mouvement, figurer le regard, non pas l'œil mais le regard et tout le ciel qu'il embrassait et toute

la vie qui dévalait en lui – il disait rien de ce que l'homme fait ne vaut l'éclat d'un regard, il disait je ne sculpte que pour rendre le regard –,
figurer un visage et l'âme qui par les yeux s'en échappait – comme il se disait communément –,
figurer un visage comme s'il s'agissait chaque fois qu'il le regardait d'un visage neuf, comme s'il le découvrait pour la première fois, avec cette virginité, cet enthousiasme et cette curiosité qu'on envie aux enfants que le moindre caillou émerveille car ils voient tout en nouveauté et renaissent chaque matin ;
figurer un visage constituait pour lui un projet devant lequel il ne pouvait qu'échouer, un projet impossible au regard de la perfection rêvée, un projet impossible autant que désirable et qui le requérait impérativement.
Je me mis alors à carburer sur cette idée d'impossible que je ne pouvais plus lâcher. À croire que ça m'arrangeait.
Pour Giacometti, notai-je toujours posée sur mon lit de camp, faire œuvre c'était faire l'expérience de la limite de l'œuvre, de la limite de l'homme créant l'œuvre. C'était éprouver sa capacité à courir après une chimère plutôt que souffrir la hantise

imbécile d'achever ce qui s'ébauchait. Il y avait d'ailleurs dans ce mot d'« achever » un rappel muet de la fin, de la mort, qui le rendait détestable. Giacometti disait très sérieusement j'ai toujours échoué. Tout ce que je pourrai faire ne sera jamais qu'une pâle image de ce que je vois. Et ma réussite sera toujours en dessous de mon échec ou égale à lui.

Il disait je voulais faire des têtes ordinaires. Mais comme j'échouais toujours, je voulais toujours tenter un nouvel essai.

J'écrivis sur mon carnet : Giacometti voyait peut-être dans ces échecs une forme d'élégance aristocratique dans un monde où *la gagne* la plus vulgaire commençait déjà à prévaloir sur tout le reste.

Mais il n'envisageait pas pour autant, poursuivis-je mentalement et toujours mal assise sur mon lit de camp, il n'envisageait pas pour autant de lâcher la partie. Pas question de baisser les bras ! Il fallait qu'il aille de l'avant, en pleine incertitude, en plein marasme et quand bien même la chance de parvenir au chef-d'œuvre follement désiré n'était qu'infime.

Il fallait qu'il continue d'échouer, avec courage, avec patience, avec un inflexible entêtement, jusqu'à atteindre, un jour peut-être ou peut-être jamais, le *bord du grand secret.*
Il fallait qu'il continue vaille que vaille dans cette inexplicable et furieuse volonté de créer.
Il fallait qu'il continue d'échouer, dût-il en crever.
Il fallait qu'il échoue de l'avant sans nulle garantie de résultat, et qu'il intègre à l'œuvre elle-même les tâtonnements, les ratés, les remords, les hésitations traversées, les grumeaux, les saillies, les accidents, les distorsions, les laideurs, tous les échecs subis et tout l'aléatoire.
Il fallait aller de l'avant obstinément et sans répit, puisqu'aller de l'avant c'était se vérifier vivant.
Il fallait aller de l'avant, ne serait-ce qu'en soi-même.
Il fallait continuer de marcher, quand bien même le geste de marcher l'emportait irrésistiblement vers un *affreux naufrage.*
Il fallait marcher, marcher, marcher, jusqu'au dernier battement.

Essayer encore. Rater encore. Rater mieux, avait écrit Samuel Beckett qu'il rencontra quelques fois avec bonheur, et dont les préoccupations lui semblaient singulièrement proches des siennes.
Rater encore. Rater mieux, citation que se répétaient inlassablement aux fins de se réconforter tous les ratés de la Terre (c'est-à-dire nous tous, bien qu'à des degrés divers), tous les ratés de la Terre que le désir me prit soudain de classifier :
1. les *ratés-ratés* qui, convaincus de leur génie, vous infligent leurs piètreries, récapitulent sans fin la liste de leurs dons que les foules stupides méconnaissent, et se vengent des vents qu'ils se prennent en médisant des autres, ça vous rappelle quelqu'un ?,
2. les *ratés d'entrée de jeu*, vaincus avant qu'ils ne commencent, acceptant sans révolte la notion d'impossible comme loi inviolable et restant bras ballants dès le premier obstacle ou la première réprobation,
3. les *ratés par irrésolution et impersévérance*, lesquels veulent sans vouloir, tergiversent, atermoient ou ajournent avec une rare assiduité,

abandonnent l'affaire au milieu du chemin, en rade et malheureux tristement capitulent, et vous le font très chèrement payer,
4. les *ratés réussis* parce que sachant merveilleusement s'adapter à l'imbécillité de leur époque, et montrant sans pudeur sur Facebook, Twitter ou Instagram la moindre de leurs crottes,
5. les *ratés par impatience* qui veulent finir avant que d'avoir commencé et laissent à leur fébrilité le soin de donner à leur œuvre une forme et un sens,
6. rien à voir avec les *ratés magnifiques* parmi lesquels mon très adoré Baudelaire, mon Baudelaire adoré à l'égal de la voûte nocturne, Baudelaire et ses cravates rouges et son impertinence et sa mélancolie et ses désillusions, Baudelaire qui ne trouvait au monde nulle fleur ressemblante à son rouge idéal, *Je suis comme un homme lassé dont l'œil ne voit en arrière, dans les années profondes, que désabusement et amertume, et devant lui qu'un orage où rien de neuf n'est contenu, ni enseignement, ni douleur.*
Sur mon carnet, je notai ces mots que le souvenir de Baudelaire venait de m'inspirer : « Giacometti avait l'échec grandiose, comme certains

empereurs le triomphe. » Peut-être, me dis-je, garderais-je cette formule dans la version finale. Mais je savais par expérience qu'une phrase pouvait sur le moment me sembler juste et pertinente, puis se révéler, à la relecture du lendemain, fausse, banale, emphatique ou mal fichue, et s'effondrer comme un flan.

J'ajoutai ceci, sans bien saisir sur le moment la relation avec la phrase précédente : Voir liens entre échec et amour. Relire Stendhal qui a dit : *S'il entre un grain de passion dans le cœur, il entre un grain de fiasco possible.*

Puis prise d'un fol et soudain enthousiasme pour l'échec, j'écrivis : L'avenir du monde est à l'échec, à l'échec de la passion du profit, à l'échec de la passion consumériste, à l'échec de la passion religieuse… Et à l'échec de la mort, poursuivis-je dans mon ivresse. L'échec sauvera le monde, complétai-je dans une ultime exaltation.

Après quoi je revins – mon cerveau était en surchauffe – je revins à la *métaphysique de l'impossible*, l'expression sonnait bien, même si le mot métaphysique appliqué à Giacometti me semblait inapproprié.

Métaphysique de l'impossible que partageaient, je crois, un certain nombre d'écrivains conscients du gouffre ouvert entre leurs émotions et les pauvres mots dont ils disposaient pour les nommer, les pauvres mots qui n'en étaient que le reflet ou l'ombre ou pire encore la caricature ; un certain nombre d'écrivains bien en peine d'affirmer, au terme de leur vie, quelque chose de net, de définitif, de péremptoire, quelque chose qui ne chancelât pas ou ne s'enlisât pas dans un terrain affreusement mouvant.

Mais c'est à Virginia Woolf que je songeai tout spécialement, à Woolf ma très affectionnée qui parfois parvenait dans un bonheur presque parfait à passer le mur, à *franchir d'un bond le précipice* comme elle disait, et à s'élancer, légère, vers les plateaux sauvages, mais qui, le plus souvent, peinait, peinait, peinait à soulever le poids des mots et voyait ses phrases sitôt hissées retomber dans le vide, puis s'écraser, puis terriblement s'abolir. Alors elle perdait pied. Alors elle s'accusait de tout, d'être ratée, stérile, imbécile, méprisée, ridicule, nulle. Alors elle se sentait friable au point de craindre littéralement de se dissoudre dans un gouffre (*Pascal avait son gouffre avec lui se mouvant*, Giacometti disait qu'il avait dû longtemps, lorsqu'il longeait une rue, vérifier de sa main la solidité du mur pour résister au gouffre qui s'ouvrait à ses pieds). Alors elle se reprochait de ne rien savoir de la vie, mais pourquoi écrire si l'on ne sait rien de la vie ? Alors elle se disait que jamais rien n'était acquis, qu'aucun bonheur n'était durable, que toutes les caresses restaient inachevées et que leur faim d'amour faisait mal dans le ventre. Alors elle partait en vrille et déclarait que *Les Années* n'était qu'un pudding atroce, *Trois guinées* un radotage sans force, *Entre les actes* un livre faible et peu fouillé. Car pour elle l'œuvre était toujours et de toute façon forcément ratée puisque obscure à elle-même et cheminant dans l'obscur, puisque fragile et périssable comme la vie de son auteur, puisque comiquement dérisoire face au néant et à la mort, puisque toujours en défaut et toujours décevante au regard du projet désiré, puisque toujours souffrant d'une impossible adéquation avec le rêve qui l'avait enfantée, d'une impossible coïncidence.

L'échec jetait Woolf dans la plus déchirante mélancolie.
Aux médiocres, l'échec donnait mauvais caractère.
Pour Giacometti, l'échec était la condition de sa création et sa matière même.
Pour lui, l'échec se méritait, il se gagnait de haute lutte, et ce n'était pas de la petite bière. Il fallait déployer une énergie considérable pour en supporter l'épreuve. Réussir, en comparaison, était au fond bien plus aisé. Aussi aisé que conclure. La bêtise consiste à vouloir conclure, avait écrit Flaubert. L'échec délivrait de cette obsession idiote de conclure, cette passion contemporaine. L'échec conférait cette liberté.
Je fus prise à ce moment-là, paradoxalement, du désir de conclure mes spéculations sur la manie de conclure, lorsqu'une nouvelle catégorie de ratés se présenta à mon esprit : les *ratés masochistes* que leurs échecs faisaient bander et qui se délectaient de la poisse qu'eux-mêmes concoctaient, j'en connaissais certain.e.s, très satisfait.e.s de leurs déconfitures chroniques et notamment les amoureuses qu'ils cajolaient, bichonnaient et arrosaient de larmes, soupirant,

se plaignant des idiosyncrasies de leur amant.e trop désinvolte, ou trop pressant.e, ou ne jouissant qu'avec un doigt dans le cul, ou à quatre pattes dans la cuisine, ou agenouillé.e devant un cierge, bref dans des postures inconvenantes voire d'une rare dégoûtation, ce qui les jetait dans un désespoir violent mais les mettaient confortablement à l'abri de l'amour, ce casse-tête.

Je me sentis soudain très fatiguée.

Les spéculations sur les entraves à l'amour et l'ennui qu'en moi elles sécrètent ont la vertu de m'exténuer l'âme en moins de deux (idem des spéculations sur les entraves à la créativité régulièrement dénoncées sous nos climats, et qui, allez savoir pourquoi, ont le don de m'écorcher les nerfs).

En guise de repos mental, je me mis à regarder les images du catalogue de l'expo (je pariais sur le pouvoir sédatif incomparable que l'on prête généralement aux images) parmi lesquelles les photographies respectives de Picasso et de Giacometti :

l'un torse bombé, triomphant, un cador, insolent, séducteur, le regard astucieux, se déclarant génial

et le faisant savoir à l'univers entier, *Yo : un rey* qu'on se le dise !,
l'autre légèrement voûté, bras ballants, gauche, une expression d'immense modestie sur le visage, ne cherchant aucunement à faire l'artiste, encore moins à se faire mousser ou à en mettre plein la vue.
Et c'est cette immense modestie de Giacometti, écrivis-je sur mon carnet, et le sentiment profond qu'il avait de ses limites et de ses insuffisances, qui lui permirent de concevoir *L'Homme qui marche*.
J'avais écrit « c'est cette immense modestie de Giacometti » et non pas « Giacometti avait l'air bien modeste », avez-vous saisi la nuance ? Avez-vous perçu mes agneaux l'inflexion de ma voix lorsque j'écrivais « c'est cette immense modestie » ? Avez-vous perçu le respect et l'admiration que je glissais en ces deux mots ? Avez-vous perçu que je désignais par eux une vertu très belle et exceptionnellement rare chez les artistes en général et les écrivains en particulier, une vertu, disait un philosophe dont j'ai oublié le nom, une vertu qui possédait les qualités de l'eau : absolument nécessaire et absolument

invisible. Pas besoin d'en faire des tonnes sur Facebook ou Twitter, ni d'en remettre une couche afin de mieux se vendre, ni de multiplier les selfies pour se sentir exister, ni d'injecter toutes ses forces dans sa propre propagande, Giacometti avait en lui assez de puissance pour s'offrir le luxe d'être modeste, il était immensément modeste parce qu'immensément puissant, et réciproquement.

Giacometti, je l'avais lu, disait le raté m'intéresse autant que le réussi.
Ou toute victoire est précaire, non, cette phrase je l'invente, mais il aurait très bien pu la prononcer.
Ou la faillite a sur moi un pouvoir de séduction considérable, c'est encore moi qui l'invente.
Ou toute œuvre est un échec avant de l'entreprendre.
Ou toute œuvre est en sursis.

Extrême modestie et extrême patience de Giacometti. Il disait je pourrais passer le reste de mes jours à copier une chaise. Extrême dinguerie.

Il disait je suis aussi mauvais amant que je suis mauvais sculpteur. Et il avait en le disant le plus désarmant des sourires.

Je me souvins à ce moment-là que tous ceux qui eurent la chance de le fréquenter dirent de lui qu'il avait un sourire à vous faire fondre, un sourire qui éclairait son visage et son atelier tout entier, un sourire qui affectait tout son être et tout ce qu'il touchait d'une irrépressible promesse d'espoir.
Giacometti désespérait de devoir jouer une partie impossible, mais il avait, dans sa rencontre avec les autres et devant cet émerveillement continuel qu'était pour lui la vie, il le disait souvent, il avait cet immense sourire qui ouvrait son visage et animait ses mains.
Allongée sur mon lit de camp, je m'endormis sur ces bienfaisantes pensées, non sans avoir auparavant souhaité une bonne nuit à Bernard pour me faire pardonner, puis envoyé au même un smiley ridicule avec des cœurs à la place des yeux, moi qui m'étais juré de ne jamais céder à ces enfantillages.
J'eus un sommeil sans rêves.

Au réveil, je mis quelques minutes à comprendre où j'étais.
À peine le compris-je que je fus saisie du désir immédiat de partir.
À sept heures, une personne vint me délivrer et, tout en m'escortant jusqu'à la sortie, me demanda comment j'avais supporté la nuit.
Je répondis évasivement et décampai. Vers la rue, vers le bruit, vers les gens. Vers la vie.

À mon retour, Bernard, tout en me préparant un café, me posa quelques questions sur ma nuit qu'il avait imaginée difficile.
Difficile ? m'écriai-je dans un brusque accès de colère.
Bernard qui me pensait délivrée et heureuse de ma délivrance ferma les yeux comme s'il refusait de me voir dans cette humeur mauvaise et toute renfrognée.
Atroce ! articulai-je, et je courus m'enfermer dans ma chambre.
Allongée sur mon lit, un vrai lit celui-là, large et souple à souhait, en compagnie de ma chienne Nana couchée pattes devant sur le tapis, je tentai d'élucider la raison, les raisons du malaise qui m'avait accablée durant cette nuit affreusement longue et qui n'avait tenu aucune de ses

promesses, un malaise qui persistait et dont Bernard venait à l'instant de faire les frais.

Je tentai de revêtir d'un sens cette *excursion* pour reprendre le mot de ma Rose, cette excursion intérieure si cela peut se concevoir, cette course extérieure depuis ma maison intérieure pour être plus précise, et je tentai de comprendre comment l'une et l'autre avaient interagi pour me plonger dans un tel trouble.

Je l'avais souvent lu : la beauté n'est pas dans l'objet mais dans le lien qui se noue entre l'objet et celui qui l'admire. Partage des responsabilités, cinquante-cinquante, c'est ce que je commençai par me dire. Et retrouvant un certain calme, je fis le constat que *L'Homme qui marche*, que par le passé j'avais si souvent admiré sur de mauvaises reproductions, *L'Homme qui marche* n'avait pas, cette nuit-là, marché vers moi, ni moi vers lui. Il s'était refusé à moi, et moi à lui, rendez-vous manqué, c'était indubitable. Prétendre l'inverse eût été mentir et ce mensonge me déplaisait. Je n'avais rien a priori contre les mensonges que nous nous faisons à nous-mêmes et qui nous retiennent de tomber lorsque notre sol s'effondre. Je n'avais rien du reste contre les mensonges en général et j'en savais de très romanesques, d'autres aux vertus apaisantes, quelques-uns nostalgiques de pays inconnus, luxuriants, parfumés, féeriques, certains en forme d'épopées fantastiques, de folles affabulations : Léviathan révoltés, fleuves infernaux, îles paradisiaques, oiseaux aux cent couleurs... tous profitables à l'âme.

Mais il y avait mensonge et mensonge. Et me mentir au sujet de *L'Homme qui marche* me semblait, je ne sais dire pourquoi, un mensonge petit, sans éclat, sans panache, une singerie du sentiment, une tartufferie méprisable telle qu'on la suspecte chez ceux qui se jouent la comédie de l'enthousiasme devant les savons géants d'Ai Weiwei qu'on leur a enjoint d'admirer, ou devant les selfies obscènes de ce même Weiwei avec les réfugiés de Lesbos décidément photogéniques, selfies censés dénoncer la politique migratoire (Weiwei, retenu par je ne sais quelle pudeur de vierge, n'étant pas allé jusqu'à baiser les lèvres de ces lépreux, misère).

À court d'inspiration et cherchant toujours à comprendre ma nuit, je me jetai sur les quelques biographies de Giacometti dont je disposais, notamment celle, remarquable, de James Lord. Je me jetai sur les biographies de Giacometti et leur lot de mensonges tels que je les affectionnais – mensonges inhérents au genre me semble-t-il, puisque toutes les vies, qu'elles soient épiques ou misérables, sont impossibles à raconter, puisque toutes vont *roulant et coulant*, puisque toutes sont faites de moments fugaces, de labyrinthes impénétrables, de secrets farouchement gardés, de souvenirs fuyants et troubles, de faiblesses connues d'un seul et de passions absolument inévaluables dans leurs effets : mensonges par ignorance donc, ou par dévotion, ou par compassion, mensonges par goût fervent du romanesque, mensonges aux fins d'embellir une existence fade au regard de l'œuvre qui flamboie, mensonges pour arracher la vie à ses épaisses contingences, mensonges pour donner forme à des événements informes, mensonges par approximations celles-ci propres à toute narration de faits réels – je me jetai, disais-je, sur les quelques biographies de Giacometti dont je disposais et notai, en vrac, quelques particularités de son existence dans l'espoir qu'elles me livreraient quelques-uns des secrets de son art.

Après avoir noté cette phrase, je m'arrêtai sur ce corrélat et, à y réfléchir, il me parut franchement abusif sinon franchement dégueulasse. Je ne pus m'empêcher de me demander quels éléments seraient retenus de ma vie susceptibles de révéler la vérité de mes livres, et réciproquement. Et l'idée qu'un thésard indiscret se croyant perspicace pourrait un jour s'introduire chez moi (mais qui vous a permis d'entrer ?) pour traquer mes profondeurs et extirper de mes placards intimes je ne sais quelle vérité relative à mes écrits (et réciproquement), cette idée me fit littéralement froid dans le dos.

J'ignorais moi-même, du reste, ce qui, dans mon histoire, avait été déterminant au point de se répercuter dans mes romans ou de s'y réfléchir, même si, à la longue, j'avais fini par dépister deux ou trois choses récurrentes, lesquelles étaient remontées en moi avec une force inouïe durant cette nuit au musée sans que je saisisse la cause de leur surgissement.

Ces deux ou trois choses récurrentes, je les ai évoquées plus haut, pour la première fois depuis que j'ai la prétention d'écrire, sans détour ni faux-semblant, je veux dire sans aucun des oripeaux de la fiction, car c'est l'un des rares bénéfices de la maladie, quand elle s'ajoute à l'âge, de vous amener à jeter bas les masques. Et cette évocation, si tardive dans mon parcours, m'a fait soudain prendre conscience du temps exorbitant qu'il fallait à certains événements d'une existence pour être endossés, puis métabolisés, puis soupesés, puis vendangés, puis convertis en écriture. Presque le temps d'une vie, en ce qui me concerne. Presque le temps d'une vie pour regarder sa vie en face.

Il est des livres, il est des œuvres qui ne se peuvent concevoir qu'au bout d'un long chemin. C'est six ans à peine avant sa mort, que Giacometti créa *L'Homme qui marche*. Il avait cinquante-neuf ans.

Retour à lui.
Voici donc ce que je retins très abusivement (ou pire) des faits et gestes de sa vie derrière lesquels je crus discerner un sens et que je livre en vrac.

Tous s'accordaient à dire que jamais il ne manifestait de mépris envers quiconque, jamais.

Il avait des mains disproportionnées comparées au reste du corps. Des mains de maçon. Les mains de mon père. (J'écris toujours le mot père avec une extrême réticence, mais papa serait pire et papounet plutôt mourir).

Il avait gardé d'un accident une légère boiterie. Certains esprits simplistes prétendirent qu'il cultivait la boiterie de son corps tout comme il cultivait la boiterie de son art (voir plus haut).

Tous s'accordaient à dire qu'il avait le caractère doux et qu'il éprouvait constamment une immense gratitude envers la vie, envers le simple fait de vivre.

Giacometti enfant endommagea un jour un tableau de son père en le barbouillant de merde et de peinture. Ce fut son premier geste artistique. Il n'en fut pas puni.
Il adorait rester dans l'atelier paternel à dessiner ou à rêver en respirant l'odeur de la térébenthine.

Tandis que, sans le savoir, son avenir montait dans ses mains.

Il se foutait du confort à un point inimaginable.

Il voulait vivre comme un homme ordinaire.

Et lorsque, tard dans sa vie, vint le succès immense (il remporta le prix Carnegie en 1961, le prix de sculpture de la Biennale de Venise en 1962, le prix Guggenheim en 1964 et le grand prix international des Arts en 1965), non seulement il n'en tira pas vanité, mais il se montra encore plus, j'allais écrire vertueux, mais ce n'est pas le mot.

Il était prodigue. Devenu riche et mondialement connu, il distribua son argent à pleines mains en expliquant aux uns et aux autres qu'il ne savait qu'en faire. Et c'était vrai.
Pour lui-même, la richesse ne changea rien à son mode de vie. Il resta toujours aussi mal fringué et refusa de quitter la chambre spartiate et l'atelier exigu, mal chauffé et extrêmement inconfortable de la rue Hippolyte-Maindron.

Quand il fut hospitalisé en 1963, il se réjouit comme un enfant de porter une robe de chambre en laine, la première de sa vie, regardez-moi cette merveille.

Cette indifférence souveraine au luxe, à la richesse, au fric et à ce qu'il incarnait, détermina je crois le regard qu'il porta sur les hommes et les choses. Rilke avait écrit à propos de Cézanne qu'il voyait toutes choses *en pauvre* et que *ses bouteilles auraient eu leur place dans de vieilles poches de veste évasées par l'usage*. On aurait pu user des mêmes mots à propos de Giacometti. Il voyait les hommes et les choses en pauvre, je n'ai pas dit de façon misérabiliste, j'ai dit en pauvre, et ça n'a rien à voir.
Il voyait les choses en pauvre souverainement pauvre.
Ou en poète si vous voulez. En poète classé dernier dans les registres chinois du système national des suivis citoyens par le biais des smartphones. Ou en chien si vous préférez. En chien pauvre. En chien crotté. En chien pouilleux. En clebs. En clébard. Non pas en chien de garde. Ni

en chien de chasse. Ni en chien de flic. Ni en chien de poche portant paletot et ruban sur la tronche. Ni en chien de race bichonné par un grand couturier avec niche matelassée et collier Gucci. Encore moins en chien méchant babines écumantes.

Mais en chien sans maître. En chien sans laisse. En chien sans laisse associé à *L'Homme qui marche* et compagnon de solitude, comme l'était pour nous notre chienne Nana, qui depuis trois mois partageait notre vie avec une dignité plus qu'humaine.

En chien sans laisse tel celui qu'il sculpta en 1951, que je n'avais fait qu'entrevoir en arrivant dans le musée et que j'étais allée admirer peu après. Ce chien qui m'aurait fait pleurer si je m'étais abandonnée à l'émotion qu'il soulevait en moi. Squelettique. Errant. Vivant des hasards du ruisseau. Égaré sans doute. Exténué sans doute. Affamé sans doute. Mais libre, libre, libre et si beau dans ses lignes, échine échancrée, pattes fines, museau pointu rasant le sol à la poursuite d'une piste menant on ne sait où avant de mordre définitivement la poussière. Tout comme Giacometti, tout comme moi, tout comme nous.

Arrière la muse académique ! Je n'ai que faire de cette vieille bégueule. J'invoque la muse familière, la citadine, la vivante, pour qu'elle m'aide à chanter les bons chiens, les pauvres chiens, les chiens crottés, ceux-là que chacun écarte comme pestiférés et pouilleux, excepté le pauvre dont ils sont les associés, et le poète qui les regarde d'un œil fraternel. (Baudelaire.)

Terrible ironie du sort : cet homme totalement indifférent aux pouvoirs de l'argent et qui avait fait de ses échecs l'essence même de son art mourut avant de savoir que son œuvre serait rachetée un jour à un prix exorbitant par les banquiers de la Commerzbank, lesquels pensaient que tout s'achète et n'avaient qu'une idée c'est la gagne. Il ne saurait jamais que cette logique financière qui commençait alors à s'imposer au monde deviendrait un jour la norme planétaire. Il ne saurait jamais qu'elle régnerait sur le milieu de l'art comme elle régnait sur tout le reste, au point de s'immiscer dans ces espaces publics qu'étaient encore les musées (on ignorait d'ailleurs jusqu'à quand ils pourraient le rester).

Il ne saurait jamais, à l'allure où cette logique redoutable prospérait, l'art s'avérant l'investissement le plus fructueux et le plus autonettoyant c.à.d le plus à même de conférer une parfaite impeccabilité morale en gommant les scrupules et curetant les consciences salopes jusqu'à les faire étinceler comme des casseroles, il ne saurait jamais qu'elle (cette logique financière, *cette panmuflerie* avait dit Péguy), qu'elle risquait de conduire au désastre, un désastre dont elle se foutait éperdument, après moi le déluge – après moi le déluge constituant l'un des piliers cruciaux de sa morale, sinon le seul, après moi le déluge qui fut prononcé, semble-t-il (à vérifier), par Madame de Maintenon afin de consoler Louis XV, on sait ce qui s'ensuivit un demi-siècle après.

Il avait une sainte horreur des compliments.

Il ne savait pas danser mais il avait du plaisir à voir danser les autres.

Là où il était, le climat soudainement changeait. Devenait meilleur. Plus clément. Plus amical. Comme adouci. Ensoleillé. Je brode.

Cette grâce que nombreux lui reconnurent relève sans nul doute de l'hagiographie, mais elle éclaire toutefois son rapport particulier aux autres.

Il adorait aller au bordel. Il se rendait souvent au Sphinx, 31 boulevard Edgar-Quinet, dans les salons duquel les putains l'accueillaient les seins nus. Il fut consterné lorsque l'établissement ferma.

Il aimait sa mère, les putains et les femmes qui se défaisaient de leurs habits sans faire de chichis.

À l'occasion, il chantait des chansons paillardes.

Tous s'accordaient à dire que sa bienveillance à l'égard des autres, tous les autres, était sans mesure.

Il détestait les honneurs, les saints chrêmes, les discours congratulatoires et les remerciements à rallonge propres aux manifestations officielles.

Il dédaignait ce qu'il est convenu d'appeler la réussite sociale et l'arrogance y afférente.

Lorsqu'il reçut le prix de sculpture de la Biennale de Venise en 1962, la légende raconte qu'il oublia sur une chaise le diplôme honorifique qu'on venait pompeusement de lui remettre.

Il détestait les femmes qu'il qualifiait de « collantes », c'est-à-dire celles dont les sentiments se corrompent par goût de posséder, celles qui vous entortillent dans les spires de leur amour à force de serments et de cajoleries et vous programment un destin sur mesure, ou celles despotiques et souffrant de constipation qui exigent d'entrée de jeu et sans nulle miséricorde un engagement total avec mariage contractuel, CB, enfants et cuisine Mopalba à four intégré encastrable : à fuir comme la peste !
Il disait la chose la plus facile du monde c'est de prendre femme, mais la plus difficile c'est de s'en débarrasser. On pouvait, en ces années-là, tenir ce genre de propos et même pire. *Me Too* n'était pas encore né.

Il portait toujours une cravate. Il la portait pour sortir comme il la portait pour travailler la glaise dans son atelier. Pas question de manquer de respect devant l'œuvre à naître et qui attendait ses mains. Pas question de se présenter à elle en tenue négligée, pantoufles et caleçons. Tenue correcte exigée : règle numéro 1.

Mais en dépit de sa cravate, il fut pris quelquefois pour un clochard par ceux qui ne le connaissaient pas. Un jour une femme entra dans le café de son quartier où il avait ses habitudes et demanda au tenancier, en le désignant, qui était ce pauvre bougre. Le tenancier le lui expliqua, mais la femme ne voulut rien entendre et offrit un café au pauvre bougre qui en avait, dit-elle, sûrement bien besoin. Le pauvre bougre la remercia chaleureusement.

Cette méprise à son sujet ne fut pas la seule. C'est qu'il y avait dans son visage, dans sa voix, dans son allure, dans ses lunettes cassées, dans la veste informe, élimée et puant la térébenthine dont il s'affublait (et qu'il renouvelait une fois l'an) et dans son pantalon qui retombait en plis sur ses vieilles chaussures, quelque chose d'usé, de las et d'infiniment libre comme on les prête aux clochards de cinéma.

Je voudrais tant donner de lui une image qu'il aurait été heureux de reconnaître comme sienne.

Il eut une amitié sans ombre pour Crevel.

Lorsqu'eut lieu la rupture avec André Breton qui jugeait contre-révolutionnaire (il n'osa dire réac) la nouvelle direction qu'il avait prise de travailler d'après nature, la plupart des lâches qui se prétendaient ses amis refusèrent d'adresser la parole à celui qui avait osé braver les préceptes du maître, et lui tournèrent le dos du jour au lendemain.
Ce qui ne fit que renforcer la détermination farouche et la radicalité de l'excommunié.
Car Giacometti fut radical, encore un mot à sauver, encore un mot auquel il faudrait restituer la force et la beauté violente que lui ont confisquées les nouveaux idiomes en l'associant au pire des extrémismes, au pire des fanatismes et à la pire des terreurs. Si bien que radical est devenu aujourd'hui un mot d'opprobre. Si bien qu'il ne désigne plus que ce qui doit être à tout prix évité, chassé, dézingué. Ou pire rééduqué.

Giacometti fut radical parce qu'il sut rompre sans réserve avec ce que les artistes, au temps du surréalisme, se croyaient tenus de pratiquer. Il fut radical parce qu'il emprunta, sans l'approbation d'aucun maître mais avec le sentiment d'une impérieuse nécessité, un chemin solitaire et risqué, un chemin creusé d'ornières et qui ouvrait sur l'inconnu mais qui lui semblait, envers et contre tout, constituer le sien propre et le seul, un chemin dont personne au monde n'aurait su le détourner et dans lequel il pourrait jeter, il en avait la secrète intuition, toutes les forces qui bouillonnaient au fond de lui. Il fut radical parce qu'il refusa les tièdes compromis où d'autres s'égaraient et put brûler de sa passion *hasta la muerte.*

Il est impossible d'imaginer la vie et l'œuvre d'Alberto Giacometti sans la présence de son frère Diego.

Diego était toujours là quand il le fallait. Diego savait tout faire. Diego savait façonner l'armature des pièces, il savait les mouler dans le plâtre, il savait les recouvrir amoureusement de linges humides, il savait décider qu'un plâtre était sec avant de l'envoyer à la fonderie, il savait patiner le bronze, il savait fabriquer des socles et aimait à le faire, il lui arrivait même de mettre la dernière main aux sculptures inachevées d'Alberto. Diego posait pendant des heures et des heures pour son frère. Diego prenait soin comme d'un enfant de la santé de son frère. Diego réglait les affaires courantes qui ennuyaient prodigieusement son frère. Diego suivait avec vigilance les commandes faites à son frère. Diego conseillait son frère pour toutes ses expos et l'assistait en tout.

Jamais jamais jamais il n'épargna ses efforts au service de son frère. Jamais il ne les comptabilisa. Jamais il ne les étala. Jamais il n'en fit un quelconque marchandage. Et jamais il ne s'en plaignit. Il fut tout au long de sa vie d'une droiture morale remarquable et qui ne pouvait qu'emporter le respect. Un dévouement aussi total, aussi désintéressé, aussi heureux, je pourrais presque parler d'oblation si je ne redoutais sa valence religieuse, un dévouement aussi exempt de servilité ou d'amertume, aussi pleinement assumé, et non seulement pleinement assumé mais accepté avec fierté, est une chose exceptionnelle.

Diego en fit souverainement son destin.
Le paya-t-il d'un renoncement, d'une trahison à l'artiste que profondément il était, comme il put en donner la preuve après la mort de son frère ? Giacometti fut-il traversé par l'idée que son frère en le servant abandonnait une part de lui-même ou lui-même en entier ? Fut-il (Giacometti) victime consentante du dévouement de Diego ? Et Diego victime consentante du génie de son frère ? Les deux victimes l'un de l'autre, victimes à la fois soumises et librement assumées ? Nul ne le saura jamais.
Diego et Alberto, deux frères fraternels, ce qui semble un truisme et qui est pourtant si rare, deux frères fraternels dont la fraternité à toute épreuve venait contredire les histoires tissées dans les textes anciens où les frères couramment se maudissent, violemment se jalousent et s'entredéchirent quand ils ne s'assassinent pas, les Caïn et Abel, Jacob et Esaü, Amnon et Absalom, Thyeste et Atrée...
Deux frères fraternels à la vie à la mort, liés indéfectiblement par le sang et bien plus que le sang, partageant les mêmes bonheurs et les mêmes déboires, deux frères fraternels dont la fraternité

était une œuvre construite dès l'enfance et j'ai presque envie de dire un chef-d'œuvre, chacun exigeant muettement de l'autre le meilleur, les deux complémentaires, parfaitement indépendants – leur indépendance leur était infiniment précieuse et ils la défendaient farouchement – et étroitement tributaires l'un de l'autre, deux frères fraternels autant que dissemblables mais qui brûlaient d'un même feu et à qui il arrivait de concevoir comme un seul la justesse et la grâce d'une forme.
Deux frères fraternels que j'imagine silencieux, à l'instar de ces couples si bien appariés et depuis si longtemps, si bien accordés au sens musical de ce terme, si bien portés par les mêmes rythmes – plus je vieillis plus je pense que l'amour est une affaire de rythme – qu'ils se devinent sans le secours des mots, savent lire le visage aimé dans ses moindres frissons et ses moindres orages et prennent les décisions communes sans avoir même à se consulter.
Deux frères fraternels que la mémoire des hommes n'a pas séparés, encore moins la légende.

Petite histoire qui révèle l'un des aspects de la personnalité de Diego.
En 1944 Diego adopta une renarde qu'il appela Mademoiselle Rose. La renarde avait été apprivoisée dans un camp de la mort par son voisin parisien, arrêté par la Gestapo puis déporté, et qui, après la libération du camp, la ramena avec lui à Paris et la tint enchaînée dans son petit appartement. Malheureux de la voir ainsi traitée, Diego l'hébergea dans son atelier qui jouxtait celui de son frère en prenant soin de tenir fermée la porte sur la rue de peur qu'elle ne s'échappe. Il s'attacha à elle, à sa vivacité, à son espièglerie et à ses jeux pleins de fantaisie. Parfois elle feignait la mort et il avait beau la retourner en tous sens, elle ne donnait aucun signe de vie. Mais il suffisait qu'il fasse mine de partir pour qu'aussitôt elle bondisse sur ses épaules. Diego alors riait comme un enfant.
Alberto, de retour de Suisse, ne vit pas d'un bon œil l'arrivée de cet animal qu'il trouva malodorant et fit en sorte qu'il prît la fuite en oubliant de fermer la porte.
Diego en fut très malheureux, mais il avala et son chagrin et ses griefs.

Diego eut aussi une histoire d'amour avec une araignée dont la toile lui paraissait un chef-d'œuvre de délicatesse et de raffinement. Pendant toute une saison, il l'approvisionna en mouches qu'il attirait par des soucoupes remplies de confiture et que l'araignée emmaillotait dans ses fils pour se constituer des réserves. Un jour, l'employé du gaz vint relever le compteur et Diego le pria de ne pas abîmer la toile si belle et si fragile qu'il ne se lassait pas d'admirer. Mais l'araignée, peu préparée à de telles opulences et se goinfrant sans mesure, finit par mourir – voilà ce qui arrive aux artistes choyés – et Diego recueillit amoureusement sa dépouille dans une petite boîte.

Il arrivait souvent que Diego, en entrant le matin dans l'atelier de son frère, trouvât celui-ci encore au travail dans un nuage de fumée irrespirable. Alors il l'envoyait se coucher avec autorité. Au lit !

Giacometti disait travailler me repose.

En 1943, Giacometti rencontra Annette à la brasserie La Centrale de Genève. Elle avait

vingt ans, des yeux sombres et le désir violent de rompre avec le conformisme de son milieu. Elle le rejoignit à Paris en 1946. À la stupéfaction de tous, Giacometti, qui n'avait cessé de dénigrer tout ce qui avait un rapport avec l'institution du mariage, l'épousa trois après. Mais à une triple condition : qu'elle ne le forçât à rien, qu'elle respectât son âme farouchement solitaire et qu'elle le laissât vivre ainsi qu'il l'entendait.
Il vécut jusqu'à sa mort ainsi qu'il l'entendait.

Annette portait le même prénom que sa mère tant aimée – je ne céderai pas à l'interprétose – sa mère impérieuse qui le voulut grand artiste et lui injecta peut-être la force et la volonté d'y parvenir.

Quelque temps après sa rencontre avec Annette et au sortir d'un cinéma, il eut une révélation dont je dois citer l'énoncé mot pour mot parce qu'elle marqua pour lui un tournant décisif. *Je me mis à voir des têtes dans le vide, dans l'espace qui les entoure. Quand, pour la première fois, je perçus clairement comment une tête que je regardais pouvait se fixer, s'immobiliser définitivement dans le temps, j'en tremblai de terreur comme jamais dans ma vie et une sueur froide me ruissela dans le dos. Ce n'était plus une tête vivante, c'était un objet comme les autres que je regardais, ou plutôt cela ne ressemblait pas à n'importe quel objet, mais à quelque chose qui serait à la fois vivant et mort. Je poussai un cri de terreur, comme si j'avais franchi un seuil, comme si j'entrais dans un monde jamais entrevu. Tous les vivants étaient des morts ; cette vision se répéta souvent, dans le métro, dans la rue, au restaurant, en face d'amis...*

Les quelques fois où il rencontra Picasso, il s'efforça d'être aimable. Mais il éprouvait une obscure réticence à l'endroit de son œuvre, et une plus grande encore à l'endroit de sa personne. Sa grande gueule, ses airs de butor, son besoin de plastronner, son goût des flatteries, sa mâle assurance, sa tendance à prouver dans tous les concours sexuels qu'il était pourvu de la plus grosse bite, toutes ces choses le tenaient sur ses gardes, à distance.
Intéressé, respectueux, mais à distance.

Il admirait Henri Laurens. Il admirait Beckett qui lui demanda de fabriquer un arbre pour la représentation d'*En attendant Godot*, un arbre seul dans un décor absolument nu, un arbre seul et archi-seul comme l'était son *Chien*, comme l'était *L'Homme qui marche*, seul et archi-seul comme le sont les hommes et tout aussi irremplaçable, banalité qu'il est bon de répéter me disais-je, si l'on veut se garder de toute tentation de se la raconter.
Il admirait Matisse. Il admirait Derain et fut l'un des rares à assister à son enterrement. Il aimait admirer. L'amour maternel prodigué dans l'enfance lui avait permis peut-être d'aimer admirer, hypothèse qu'à tout hasard je tente.
Leiris, Balthus, Genet, Stravinsky, Germaine Richier, Marlene Dietrich, Sartre, Beauvoir, Francis Bacon et d'autres moins connus se flattèrent d'être de ses amis.

Il fut toujours d'une loyauté exemplaire envers ceux qui l'aidaient. Le jour de l'inauguration de sa fondation à Saint-Paul-de-Vence le 28 juillet 1964, Aimé Maeght remercia longuement un grand nombre d'invités présents, la plupart prestigieux. Mais il oublia le seul qui, aux yeux de Giacometti, méritait sa gratitude : Louis Clayeux, son bras droit, l'homme qui avait œuvré dans l'ombre durant de longues années pour lui constituer une collection magnifique (Braque, Arp, Chagall, Calder, Kandinsky, Matisse, Bonnard Giacometti...), celui qui avait défendu le projet de la fondation depuis la première heure, celui qui jouissait de l'estime et de la confiance des artistes, celui qui était leur allié, celui qui les encourageait et qui les rassurait, celui qui avait l'œil, le goût, l'intuition, le savoir et une délicatesse innée.

Ce violent camouflet ne pouvait que blesser Louis Clayeux. Il exigea des explications d'Aimé Maeght lequel se déroba, et envisagea sérieusement de se démettre de ses fonctions de directeur artistique.

Giacometti aussitôt lui manifesta son soutien : si Clayeux part, je pars !

Clayeux décida peu après de quitter la fondation. Et Giacometti le suivit. Il fut, notons-le, le seul des artistes de la fondation à le faire.

Les Maeght alors se lamentèrent, essayèrent de le raisonner et envoyèrent des émissaires pour le convaincre de revenir sur sa décision. Diego de son côté l'exhorta à la prudence et brandit la menace d'une pénurie financière. Rien n'y fit. Giacometti resta intraitable. Cette histoire m'enchante et me le fait infiniment aimer.

Comme il ne s'intéressait pas le moins du monde au fric, Giacometti se faisait régulièrement gruger par des collectionneurs qui tiraient un profit énorme de leurs acquisitions (certaines obtenues pour une bouchée de pain), lesquelles avaient la vertu de couvrir leur cupidité d'un voile des plus jolis, discrétion assurée. Mais dès qu'il prenait conscience de ces abus, Giacometti explosait de colère. Et il se plaignait à Louis Clayeux, en qui il avait une confiance aveugle, de la crapulerie de ces profiteurs qui s'approprient de façon éhontée le travail des artistes pour s'en mettre plein les fouilles, ces fumiers qui se font passer pour des amoureux de la beauté à la condition qu'elle rapporte, c'est abject, c'est intolérable, ça me rend fou… Sa colère retombée – après dix heures dans l'atelier à attaquer la glaise à coups de canif – il finissait par admettre que la responsabilité dans ces opérations lui incombait en partie, et qu'il ne tenait qu'à lui d'agir différemment. Le lendemain, il n'y pensait plus.

En 1954, il rencontra Isaku Yanaihara, un Japonais venu faire des études de philosophie à Paris. Ils se lièrent d'amitié et Giacometti lui demanda un jour de poser pour lui. Isaku Yanaihara accepta et Giacometti entreprit de faire son portrait. Mais le visage patient d'Isaku Yanaihara lui échappait sans cesse, quelque chose dans ses traits se dérobait à toute figuration, quelque chose en eux lui résistait qu'il lui fallait à toute force vaincre. Si bien qu'il se prit de passion pour la réalisation de ce portrait et s'y consacra avec un entêtement intraitable et désespéré tandis qu'Isaku Yanaihara se prenait à son tour de passion pour cette expérience unique.
Cette passion finit par se communiquer à Annette, tant et si bien qu'Annette et Isaku Yanaihara devinrent amants.
Cette situation ne posa apparemment aucun problème à Giacometti qui se déclara enchanté du bonheur de son épouse.

Son échec artistique en revanche lui fut très douloureux. Car Giacometti, plusieurs années durant, s'obstina avec une opiniâtreté inlassable et de façon quasi suicidaire sur, je devrais dire contre, contre le portrait d'Isaku Yanaihara. Il s'obstina comme un dément s'obstine sur son idée fixe. Et plus il s'obstinait, plus le visage d'Isaku Yanaihara, plat, blafard et comme enfariné, lui demeurait infigurable. S'il le regardait de face, il oubliait son profil, s'il le regardait de profil il oubliait sa face, comment saisir l'ensemble ? Ne bougez pas ! Ne bougez plus ! lui intimait-il, tout se brouillait, tout s'enfuyait, il fallait ne négliger aucun détail et recommencer encore, chaque tentative combattant l'autre, chacune annulant l'autre ou la faisant proliférer comme un cancer, le visage lisse et impénétrable du Japonais dissimulant un autre visage sous le masque, et cet autre un autre, et ainsi infiniment.

Quatre ans passèrent, quatre ans pendant lesquels le Japonais fit des allers-retours entre le Japon et la France afin que Giacometti pût finir son portrait.

Mais Giacometti, accaparé par son projet, ne pouvait parvenir à entrevoir sa fin. Et son exaltation d'échouer atteignait des sommets.
Il dut finalement l'admettre : le sujet était plus fort que la peinture, le sujet prenait le dessus sur la peinture, le sujet excédait toutes ses capacités à le figurer, c'est une chose qu'il avait constatée des milliers de fois, et sur laquelle il butait chaque jour devant l'impassible Isaku Yanaihara assis dans l'atelier sur une inconfortable chaise de cuisine.
Le sujet était plus fort que la peinture quel que fût le temps passé à tenter de le capturer,
à tenter de le capturer comme on capture un cheval sauvage, un loup.
Tout autre que Giacometti aurait renoncé, découragé par la défaite. Pas Giacometti.
Giacometti n'était pas homme à s'avouer vaincu.
Il décida (mais le décida-t-il ou y fut-il contraint ?) qu'il devait envers et contre tout poursuivre la lutte.
Une lutte qui le mobiliserait jusqu'à la fin de sa vie avec la même passion, la même folie, la même obstination.
Une lutte qui ne serait jamais finale.

Existait-il encore, me demandai-je en écrivant ce qui précède, des hommes ou des femmes qui se passionnaient pour une œuvre au point de se battre pour elle une vie durant, au point de la faire passer avant tout le reste et de tout lui sacrifier, au point d'en devenir dingue, au point d'en souffrir, au point d'en mourir ?
Je croyais savoir que Rilke avait été pris dans cette folie, que Glenn Gould avait été pris dans cette folie, que Proust, que Pascal, que Nietszche, que Woolf, que Van Gogh avaient été pris dans cette folie et que tous ceux et celles que j'admirais avaient été pris dans cette folie.

Giacometti était-il un saint ? me demandai-je juste après m'être fait cette remarque. Son immense modestie, cette tension infatigable vers une perfection qui toujours se dérobait car cette perfection n'appartenait qu'à Dieu, cet effort tendu vers un inatteignable qui l'appelait sans cesse, cette rigueur, cette ascèse dans le travail à laquelle il se vouait corps et âme comme un ermite à sa prière, ce dévouement total à l'inutile d'un homme qui ne demandait rien en

contrepartie, nul bénef, nulle gratification, nul triomphe social, nul paradis peuplé de jeunes vierges, d'un homme qui ne demandait rien, payé qu'il était de retour par sa passion même, tous ces éléments ne faisaient-ils pas de lui un saint ?
En regardant une fois encore son beau visage gris, du même gris que ses dernières peintures, en regardant son beau visage gris et fatigué où sont creusés, me semble-t-il, les stigmates d'une passion à jamais mystérieuse, il m'arrive de le penser.

Est-ce que je l'idéalise trop ?

Il aimait passer ses nuits chez Adrien, un bar enfumé de Montparnasse, fréquenté par des filles qui levaient des clients ou les poussaient à boire, et par des macs, des casseurs, des petites frappes, des dealers, des voyous qui jouaient aux voyous et des voyous qui n'y jouaient pas, des dandys égarés, des provinciaux de passage venus s'encanailler, des solitaires, des insomniaques, toute une faune bigarrée de marginaux, de déclassés, d'individus obscurs, tout ce peuple de la nuit dont il se sentait confusément proche, ce peuple délivré des règles diurnes et amoureux des périls, ce peuple réprouvé par les bons pères de famille (et parfois excellents assassins) qui se couchent sitôt fini l'épisode des *Experts* saison 6, ce peuple livré aux puissances nocturnes, aux voluptés proscrites, aux gestes frauduleux, aux désirs qui dévastent, à toutes ces folies pour lesquelles se damnent les hommes de la nuit.

Il s'y rendait souvent après minuit, payait un verre aux filles, bavardait avec le barman, plaisantait avec des clients de passage, ou restait seul à sa table, perdu dans ses pensées, le regard errant et savourant sa solitude, ou ébauchant au crayon un dessin sur un coin de journal. Puis il finissait par rejoindre son atelier aux premières lueurs du jour.

Une nuit d'octobre 1954, il y rencontra Caroline. Elle était jeune, belle, pimpante, extrêmement sexy, totalement inculte, et fréquentait des durs à cuire qui, à plusieurs reprises, causèrent quelques frayeurs à Giacometti en lui extorquant sans ménagement les liasses de billets qui traînaient dans son atelier.

Giacometti s'en éprit. Elle était à ses yeux la pureté et elle était le charme. Elle était sa déesse égyptienne, sa voyoute et celle qui lui écrivait les plus belles lettres d'amour du monde. De surcroît, elle était montée sur de hauts escarpins dont tout le monde sait qu'ils sont uniquement faits pour affoler les boussoles sexuelles. Elle devint son alliée, sa confidente et son inéluctable. Il l'aima d'emblée. Elle l'aima d'emblée. Il se mit à l'attendre toutes les nuits chez Adrien, et parfois l'attendit des semaines entières, fou d'inquiétude de ne pas la voir surgir, les yeux rivés sur la porte d'entrée, interrogeant ses amies et le serveur qui faisaient mine de ne rien savoir, se disant que sans elle l'existence n'avait plus de saveur, que sans elle il n'était plus rien, qu'il ne voyait plus rien, que ses yeux étaient orphelins. Tout un pan de la vie de Caroline lui demeurait obscur et cet univers louche dans lequel elle vivait et qui lui restait totalement fermé l'intriguait et le captivait comme l'intriguait et le captivait ce que dans l'art il ne pouvait atteindre. Mais si parfois il s'en inquiétait (taillait-elle des pipes aux clients ?), il préférait ne rien savoir des ses agissements nocturnes.

Sa vie secrète, sa vie gredine (ce mot est en train de se perdre, sauvons-le), sa fréquentation de la racaille et son innocente immoralité l'auréolaient d'une sorte de grâce, assez semblable à celle qui habille de gloire les bandits de haut vol qui se font la belle en hélico depuis une prison ultra-sécurisée et à la barbe de trente flics.
Très vite elle lui devint aussi nécessaire, aussi vitale que la sculpture, et d'une certaine façon aussi risquée.
Pour lui témoigner la force de son attachement, il la combla de tout le fric dont elle rêvait, elle qui avait été élevée à la dure et qui avait grandi dans le manque de tout, dans le manque d'amour (le lait maternel qu'elle téta dans sa première enfance avait un goût d'acide chlorhydrique), le manque de soins (la maison de redressement où on l'envoya adolescente ne lui en offrit que très peu) et le manque d'aisance chronique, elle qui ne possédait pour subsister d'autres biens que ses charmes et qui convoitait follement ingénument l'argent comme on convoite follement ingénument l'amour, ce que jamais il ne jugea et qu'il accepta sans réserve dans sa bonté, dans

sa *bonté renseignée* aurait dit Péguy pour la distinguer de l'autre, la bonté béate des innocents et des idiots.
Il la couvrit de bijoux comme s'en parent les dames, lui offrit des leçons de musique comme en reçoivent les enfants bien nés, la pourvut d'un appartement rue Clouet et d'une voiture décapotable comme en pilotaient les personnages de bonne famille (tellement à plaindre) des romans de Françoise Sagan, et la fit bien évidemment poser pendant des jours et des jours dans son atelier sans que ni l'un ni l'autre se lassassent (quitte à être moquée et traitée de ringarde, je continue de me poser en gardienne de la langue écrite, de ses mots rares qui font rire les ânes et des charmes surannés de l'imparfait du subjonctif, c'est ma revanche sur ma faiblesse locutoire).
Le portrait de Caroline fut sa dernière peinture. Et Caroline fut celle qui lui ferma les yeux.
Qu'avaient-ils ces deux-là en commun ? me demandai-je. De quel tissu leur amour était-il fait ? De quelles ombres ? De quels secrets ? Nul ne le sut jamais hormis peut-être eux-mêmes.
Ce que l'on sait, c'est que Diego vit arriver cette femme dans la vie de son frère d'un œil

très circonspect ; qu'Annette, qui se trouva brutalement supplantée, fit scène sur scène et devint irascible ; et que, pour ne pas se sentir fautif et couper court aux récriminations conjugales, Giacometti eut à l'encontre de cette dernière les mots les plus blessants.
Peut-être aussi en voulait-il à son épouse d'être le témoin d'une relation qui lui restait énigmatique et de laquelle il était le captif passionné et aussi merveilleusement, aussi fatalement soumis qu'il l'était à son art.

Il aurait dit dans la légende : Si un incendie se déclare, je préfère sauver un chat qu'un Rembrandt.

Dans un entretien avec Antonio Del Guercio en 1962, il déclara le visage grave : Pour moi la réalité vaut plus que la peinture. L'homme vaut plus que la peinture. L'homme vaut plus que tout.
Et à André Parinaud : Autrefois j'allais au Louvre et les tableaux et les sculptures me donnaient une impression sublime. Je les aimais dans la mesure même où elles me donnaient plus que ce que je voyais de la réalité. Je les trouvais belles et bien

plus belles que la réalité même. Aujourd'hui, si je vais au Louvre, je ne peux pas résister à regarder les gens qui regardent les œuvres d'art. Le sublime aujourd'hui, pour moi, est dans les visages plus que dans les œuvres. À tel point que les dernières fois que je suis allé au Louvre je me suis enfui, littéralement enfui.

Lors de la rétrospective de son œuvre au musée d'Art moderne de New York pendant laquelle il visita les plus grands musées de la ville, Giacometti se demanda si ces institutions n'étaient pas faites pour des prunes et déclara : Les musées c'est fini pour moi.
Aux œuvres murales, il préférait, à ce moment-là de sa vie, les œuvres de chair, les œuvres vivantes, imparfaites, périssables.

Un matin de janvier, en relisant le *Journal du voleur* de Genet, je tombai sur cette phrase : *De la beauté même de cet endroit du monde je n'osais m'apercevoir. À moins que ce ne fût pour rechercher le secret de cette beauté, et derrière elle l'imposture dont on sera victime si l'on s'y fie.* Je la relus plusieurs fois, et tous les dilemmes relatifs à l'art et à son imposture qui s'étaient posés à moi lors de ma nuit au musée et m'étaient restés, si je puis dire, sur les bras, resurgirent intacts et se remirent au centre vif de mes pensées.

Un jour s'écoula et les dilemmes de la veille me restaient sur les bras, j'avais beau les retourner sous toutes leurs coutures, ces dilemmes me restaient sur les bras, mon incrédulité et mon ambivalence vis-à-vis des choses de l'art me restaient sur les bras, les opinions récalcitrantes que je portais sur les musées et la puissance d'attraction qu'en même temps ils exerçaient sur moi me restaient sur les bras, mon incapacité enfin à savoir si ma fermeture face à la beauté cette nuit-là relevait de ma propre insuffisance, des modalités si particulières de ma visite, d'une atrophie générale de la faculté sensible des gens de mon époque, ou de je ne sais quoi d'autre, me restait également sur les bras.

Le lendemain, les mêmes questions qui m'avaient occupée la veille revinrent avec plus de vigueur, et le jeu de patience recommença où je risquais une fois de plus de m'enliser.

Avais-je si peu l'expérience de l'art qu'y être confrontée me déroutait à ce point, me laissant interdite, littéralement interdite ? me demandai-je.

Réagissais-je comme ma mère qui, devant Notre-Dame de Paris où je l'avais conduite à l'occasion d'une de ses visites à Paris, n'avait trouvé à dire que : C'est grand.

Étais-je une handicapée de l'art ? Une infirme du sens esthétique ? Une analphabète du beau ? Sans aucune assise intérieure pour y asseoir la beauté ?

Mon éducation dans une famille d'Espagnols émigrés sans un rond, qui ne connaissaient de la culture – je parle ici, comme tout au long de ce récit, de la culture légitime, la grande et bien nippée, la très avalisée, celle après laquelle j'ai couru longtemps, celle à laquelle j'ai aspiré de toute mon âme, et non de l'autre, des autres, avec lesquelles j'ai grandi, les cultures qu'on appelle populaires, autre mot confisqué et privé aujourd'hui de son sens, populaires c'est-à-dire dédaignées par les gens dits de culture ou prétendus tels – une famille d'Espagnols qui ne connaissaient, disais-je, de la culture culturelle que *La Colombe* de Picasso pour ce qui est de la peinture, et *Les Trois Mousquetaires* pour ce qui est de la littérature parce qu'ils en avaient vu l'adaptation au cinéma, mon éducation était-elle en cause ?
Je repensai une fois encore à cet *Elle a l'air bien modeste*. Et je crus comprendre que ce constat tombé d'une bouche dédaigneuse avait touché au cœur l'enfant que j'avais été et que j'espérais morte et enterrée, l'enfant de la cité HLM d'Auterive Haute-Garonne dont les parents ne possédaient pas de bagnole et pas assez de fric

pour lui acheter *Mickey*, qui parlaient le français comme des vaches espagnoles, qui disaient par ex. qu'ils avaient mangé une moulette au lieu de dire qu'ils avaient mangé une omelette, qui vivaient toujours dans la crainte de ce qu'ils appelaient, dans un sens fort éloigné de celui de Bataille : la dépense, et se confondaient en excuses dès qu'ils avaient le sentiment de déranger, c'est-à-dire souvent.

Voilà ce qu'était la vérité pure, voilà ce qu'était la vérité que j'avais gardée enfermée jusqu'à ce jour dans l'enceinte de ma maison intérieure et que je m'étais toujours empêchée de divulguer par honte sociale peut-être, pour ne pas me poser en victime peut-être aussi, et tomber dans un pathos autocomplaisant ; peut-être enfin pour contrecarrer une disposition naturelle au mélo mélancolique.

Mais il me fallait bien la dire un jour cette vérité-là, me dis-je avec force, et la dire sans les précautions d'usage comme on les appelle. Je n'en pouvais plus des précautions d'usage destinées à ménager la susceptibilité des satisfaits et des ignares. Il était temps d'envoyer valser une fois pour toutes les précautions d'usage avec leurs polies et prudentes périphrases, et dire toute crue cette vérité-là à ceux qui prétendaient que le goût du beau était inné, qu'il tombait du ciel comme les cailles de la Manne, ou qu'il se transmettait par les gènes ou les opérations du Saint-Esprit. Et je le pouvais à présent puisqu'à force de travail j'avais acquis la langue, leur langue pour me faire entendre d'eux. Je pouvais enfin leur riposter que le goût du beau tel qu'ils l'entendaient et tel qu'ils l'imposaient n'était au fond qu'une homologation (déf. du dictionnaire : *certification de la conformité d'un produit à une norme ou à une réglementation, qui a pour finalité de garantir au consommateur que le produit qu'il achète correspond à ce qu'il est en droit d'attendre*), une homologation en vue de renforcer, si besoin était, leur très confortable entre-soi et de très subtilement en exclure les autres. Saloperie qui m'en avait imposé longtemps et m'avait longtemps fait souffrir, mais dont j'espérais aujourd'hui être un peu moins la dupe, puisque seule comptait me répétai-je l'expérience de l'art vécue dans ma chair et mon âme.

C'est la raison pour laquelle je cherchais toujours à comprendre les causes de ma froideur devant

L'Homme qui marche. La petite fille de huit ans qui se promenait avec sa mère le dimanche dans le quartier des villas d'Auterive et la femme de trente ans qui avait été qualifiée de *bien modeste* lors d'un dîner mondain voulaient absolument tirer au clair les raisons qui l'avaient rendue, cette nuit-là, sèche et raide comme la loi.
Ma timidité naturelle avait-elle ligoté mes émotions ?
Avais-je craint de devenir la proie d'une œuvre, happée, possédée par elle comme il m'était arrivé de l'être par un livre, oui, possédée, le mot n'est pas trop fort, possédée au point d'en délirer, j'en ai déjà parlé ?
Avais-je craint qu'elle ne provoquât en mon cœur une émotion si déchirante que par sa brèche se seraient immiscés l'effroi, le désarroi, la douleur, ou je ne sais quelle incurable tristesse ? Mais alors pourquoi pouvais-je m'abandonner sans la moindre prudence à la lecture, à ses bonheurs et ses périls ?
La force de *L'Homme qui marche* était-elle si grande qu'elle avait attaqué et rendu caduques mes capacités à ressentir et à penser ?

Ou, pour le dire autrement, la force de *L'Homme qui marche* excédait-elle les capacités de mon âme et ses très exiguës dimensions ? Je me perdais en supputations.
Autre hypothèse plausible : étais-je si habituée à voir *L'Homme qui marche* en faux, je veux dire en image reproduite sur papier, que le voir en vrai, au lieu de m'éblouir, me déroutait ?
Tu raisonnes trop pour être honnête, me dis-je, mais ma machine à ruminer était lancée et m'entraînait irrésistiblement.
Avais-je un tel besoin de lenteur pour éprouver les choses et les apprivoiser que m'adapter aux rythmes ultrarapides de mon époque (fondés, un brin de pédagogie ne nuit pas, sur le credo capitaliste formulé par Franklin et qui faisait aujourd'hui force de loi : le temps c'est de l'argent) m'était chose infaisable ?
Car j'étais d'un naturel lent. J'aimais lentement. Je pensais lentement. J'admirais lentement. Tout procédé expéditif ou elliptique me paniquait, et je trouvais davantage intérêt à laisser mûrir les choses (et quelquefois pourrir) qu'à les précipiter. Il m'avait fallu par ex. des jours et des jours pour que je me résolve à l'usage d'Internet, et

aller sur Facebook et Twitter, où de très volatiles infos étaient immédiatement chassées par d'autres infos tout aussi volatiles, me paraissait pour le moment d'un intérêt à peu près nul, ce que certains mettaient au compte d'un passéisme préoccupant, possible.
Il m'avait fallu des années pour dire je t'aime à celui que j'aimais.
Il m'avait fallu plus de quarante ans pour que je puisse parler de mes origines sociales et de la honte qu'enfant j'en avais conçu.
Il me faudrait toute la vie pour pardonner à mon père une abjection que je taisais farouchement depuis des lustres.
Il me faudrait bien plus qu'une vie pour admettre que le monde, qui avançait à fond la caisse et fonçait à mort vers je ne sais quel mur, évoluait plus vite que ma tête.
Et sans doute n'était-ce pas une nuit qu'il m'eût fallu dans le musée Picasso pour m'approcher par le cœur et les sens de *L'Homme qui marche*, mais des nuits, mais des mois, mais des années peut-être.

En même temps que je les passais en revue, j'avais le vague sentiment que toutes les raisons que j'invoquais pour expliquer la sécheresse de mon âme face à *L'Homme qui marche* n'en étaient pas vraiment, qu'elles n'étaient que des raisons spécieuses, des vérités à demi vraies, des explications sommaires, des sophismes réconfortants ou de fausses hypothèses comme je pouvais en échafauder à foison par goût du romanesque, des fausses hypothèses auxquelles parfois je me prenais à croire.

Car au plus profond de moi, je savais obscurément que quelque chose dans cette expérience nocturne m'avait meurtrie, que quelque chose avait produit en moi une anxiété inexplicable, que quelque chose avait paralysé mes facultés à m'émouvoir, quelque chose que j'avais tenté d'esquiver par mille subterfuges.

Longtemps après cette fameuse nuit, je crus comprendre, parce que je m'étais engagée auprès d'Alina à en écrire l'expérience et que je ne pouvais en reculer indéfiniment la rédaction, je crus comprendre parce que comprendre était chez moi un processus à incubation lente, je l'ai déjà dit, un processus toujours rétrospectif, toujours en retard sur ce que j'éprouvais et qui se précisait, s'affermissait au fur et à mesure que j'écrivais – je fais partie de ces individus dont la pensée ne se forme qu'en écrivant, d'où mon inaptitude navrante à m'exprimer par la parole –, je crus comprendre plus clairement, plus nettement que jamais que cette vision frontale de *L'Homme qui marche* dans le silence et l'isolement m'avait renvoyée sans ménagement à ma propre mort. Et cette pensée m'apporta la brusque explication du malaise qui m'avait envahie durant cette fameuse nuit et les jours qui suivirent. Je ne crois pas en avançant cela que je me la raconte. Je ne crois pas prendre la pose de qui cherche à prouver la noblesse de ses tourments en recyclant les pensées de Pascal, mon dingue préféré, et ses méditations sur la mort à laquelle nous sommes promis tous autant que nous sommes et que nous essayons, par mille divertissements, d'oublier.

De toutes les hypothèses envisagées, celle-ci me semblait de loin la plus consistante : *L'Homme qui marche* m'avait renvoyé la mort en pleine gueule, à moins que ce ne fût ma propre crainte de la mort que j'avais projetée sur lui. C'est la mort en tout cas qui avait déboulé et s'était présentée à moi cette nuit-là, dans le musée désert. C'est devant elle que je m'étais cabrée, c'est devant elle que je m'étais raidie jusqu'à me faire intérieurement morte, c'est devant elle que j'avais tenté de toutes mes forces de me dérober, c'est elle que j'avais obstinément refusé de voir. Voilà ce qui, à présent, me semblait clair. Voilà ce qui, trois mois après cette fameuse nuit, s'élevait à l'évidence.

Si Baudelaire avait pu écrire que l'ivresse de l'art était plus apte que toute autre à voiler les terreurs du gouffre, la sculpture de Giacometti, cette figure éprouvée, abîmée, tragique, cette figure légèrement ployée vers le sol comme s'il allait l'aspirer, m'avait amenée tout au contraire à me pencher contre mon gré sur les terreurs du gouffre.

L'Homme qui marche marchait vers la mort, comme moi, comme nous, mais lui le savait, et ce savoir lui courbait l'échine et le faisait infiniment modeste.

Il savait que sa vie le menait au néant, et que toute la poésie du monde, tout l'art du monde, tout l'or du monde et toute la philosophie du monde n'y changeraient strictement rien.

Car *L'Homme qui marche* avait les pieds sur terre, il avait les pieds sacrément sur terre, les pieds pesants, énormes, alourdis par la terre sur laquelle ils étaient posés. *L'Homme qui marche* avait les pieds sur terre, tout comme son créateur qui ne se laissait pas enfumer par les guérisseurs de néant avec leurs jardins des délices et autres délires horticoles et leurs menaces d'ébouillantement destinées à ceux qui n'y croyaient pas (vérifié dans le texte).
Il se savait mortel, point barre. On ne lui ferait pas avaler le contraire. On ne lui ferait pas le coup d'embellir la chose en jetant de la poudre aux yeux de la mort. On ne lui ferait pas le coup de l'Espérance dont le rendez-vous était toujours et cruellement reporté sine die.
Ce qui ne l'empêchait pas d'avancer.
Ce qui tout au contraire lui permettait d'avancer avec un GPS qui lui indiquait la destination finale.
L'Homme qui marche m'avait rappelé, je crois, la destination finale.
Le chemin sans issue, pour être précise.
Le chemin sans issue que je refusais de voir.
Terminus.

Il m'avait rappelé que bientôt et irrémédiablement viendrait mon tour de rejoindre la terre où les pieds de *L'Homme qui marche* déjà s'enfonçaient, et cette idée me faisait peur, et elle m'accablait, et je me battais contre elle en même temps que je me reprochais de n'avoir pas d'enfant qui pût après ma disparition me continuer (mes livres feraient-ils un jour cet office ?). Il m'avait rappelé que la mort désormais m'avait à l'œil, que je m'en approchais dangereusement, qu'elle était comme une eau glacée qui monte qui monte et que rien ne retient, moi qui ne voulais rien savoir d'elle, moi qui refusais obstinément d'envisager sa hache, moi qui tenais comme une folle à cette putain de vie malgré toutes les horreurs que je pouvais en dire, moi qui étais prête à tout pour gagner une minute de plus sur cette foutue planète avant qu'elle ne m'engloutisse et que là était sans doute la véritable source de la tristesse qui m'avait opprimé le cœur.

J'étais toujours sous chimio. Toutes les trois semaines, je me rendais à l'Institut Curie pour ma perf d'Herceptin-pertuzumab, où je croisais un certain nombre des *Femmes qui marchent* sur le visage desquelles la mort avait posé son empreinte abjecte, indécente, son fer.

Les unes et les autres, nous nous évertuions à croire que le traitement allait repousser le verdict, nous nous bercions de suaves et lénifiants mensonges et nous parvenions plus ou moins bien à nous en persuader.

Mais *L'Homme qui marche* m'avait ouvert les yeux : que la chimio réussît ou non, la boucle était bouclée, depuis le début la boucle était bouclée et la fin écrite. Il ne servait à rien, avant de me noyer, de me débattre dans l'eau glacée qui lentement montait et atteignait mes lèvres.

Inutile d'en faire un plat et d'ameuter vainement la planète. Inutile de déclamer, théâtrale, ma terreur de mourir ou de stupidement la dénier comme je m'y étais employée durant des années. Et encore plus inutile de m'alanguir dans un désespoir chic ou d'apitoyer dégoûtamment les autres et moi-même. Voilà ce que *L'Homme qui marche* dans sa fragilité m'avait rappelé.

Et quand bien même aurais-je voulu oublier cette vérité première, la vision tous les matins de mon visage dans le miroir, la vision de mon visage enlaidi par la maladie, enlaidi par le chagrin de la maladie, enlaidi par la honte de sa laideur et presque méconnaissable, presque méconnaissable à mes yeux même, sorte de grimace de moi à laquelle je ne m'identifiais qu'à grand-peine, la vision consternée disais-je de mon crâne dégarni, de mon cou flétri et de mon visage creusé de deux trous à la place des yeux à l'image de celui d'Annette, se serait chargée de me rappeler à son bon souvenir.

Curieusement, et comme si l'élucidation des causes de l'angoisse qui m'avait paralysée lors de ma fameuse nuit donnait soudainement du prix aux choses les plus simples et les plus familières : flâner, simplement flâner dans les rues du vingtième, boire un café serré à la terrasse du Colibri comme s'il était le dernier, apercevoir un chat grimper d'un bond sur le rebord d'une fenêtre, relire ardemment *Absalon, Absalon !* de William Faulkner, accompagner des yeux une nuée d'étourneaux dans le ciel rose, parler avec Bernard de tout et de rien et rire avec lui des dessins de Lefred, toutes ces petites choses me semblèrent autant de bonheurs inouïs et me donnèrent *le cœur de marcher jusqu'au soir.*

C'est la Mort qui console, hélas ! et qui fait vivre ;
C'est le but de la vie, et c'est le seul espoir
Qui, comme un élixir, nous monte et nous enivre,
Et nous donne le cœur de marcher jusqu'au soir.

(Poème de Baudelaire sur lequel je tombai peu après qu'on eut diagnostiqué ma maladie et qui pénétra dans mes veines où il bat pour toujours.)

Le temps passa. L'hiver fut rude. À Paris, il neigea. *L'Homme qui marche* reprit sa place, son chant maigrelet et ses conversations avec les autres occupants de ma maison intérieure. Et j'eus le sentiment que rien désormais ne pourrait l'en chasser.

Parmi les débats qui se tenaient dans ma maison intérieure, l'un revenait souvent qui me plongeait chaque fois dans l'angoisse car il avait la couleur sombre et triste d'une prophétie de malheur.

Et si *L'Homme qui marche* venait non seulement nous dire la fragilité des hommes, mais aussi la fragilité de la terre sur laquelle il marchait ?

Et si Günther Anders avait dit vrai, qui l'avait pressenti il y a plus d'un demi-siècle à l'instar de ces paysans avertis qui voient venir l'orage alors que le ciel demeure encore clair ?
Et si notre monde était si abîmé qu'il risquait d'en crever ?
Et si la fête était finie ?
Et si tout ce que nous aimions nous était à jamais enlevé ?
Et si le temps était venu d'envisager l'apocalypse, une apocalypse dépourvue de sens et qui ne révélerait rien, une apocalypse sans dieu et sans royaume, une apocalypse matérielle et rien que matérielle à l'image de celle annoncée par le même Anders, une apocalypse dont personne ne pourrait jamais plus raconter la suite ?
Et si le terrorisme, la montée des nationalismes, le regain des partis extrêmes, la violence partout, le discrédit du politique, les bouleversements numériques proposant une vie virtuelle qui prenait peu à peu la place de la vraie, l'irresponsabilité ravageuse du capitalisme, ses extorsions et ses déprédations ajoutées aux exodes, aux famines, à la pollution, à l'épuisement des ressources, aux changements climatiques, à la désertification,

au manque d'eau, à la disparition des coraux, des oiseaux, des abeilles, des léopards, des éléphants... et à la folie des hommes, parvenaient ensemble à radier toute vie ? pas demain, pas après-demain, ni dans un siècle ni dans deux, mais dans un avenir pensable ?
Et si les anges s'avisaient de manifester leur colère devant la planète dévastée ? Et s'ils se mettaient à crier *Ne faites plus de mal à la terre, à la mer et aux arbres* ? Serait-il trop tard ? Le mal était-il devenu irrémédiable ?
Nos descendants verraient-ils un jour le soleil devenir *noir comme un sac de crin* et la lune entière devenir *comme du sang* ?
Verraient-ils tomber les étoiles du ciel *comme lorsqu'un figuier secoué par le vent jette ses figues vertes* ?
Verraient-ils le ciel se retirer *comme un livre qu'on roule, et toutes les montagnes et les îles remuer de leur place* ?
Devraient-ils *se cacher dans les cavernes et dans les rochers des montagnes*[1] ?

---

1. Ces quatre dernières phrases sont extraites de l'Apocalypse selon saint Jean.

Tout aurait dû nous porter à penser lucidement, courageusement que oui.
Mais cette certitude d'une destruction inévitable de la planète nous amènerait-elle à nous mobiliser pour autant ?
Réveillerait-elle en nous un sursaut salvateur ?
Nous conduirait-elle à réanimer la Terre comme on réanime un mourant en lui massant le cœur ?
Ou déclencherait-elle à l'inverse une apathie monstrueuse, une sidération comme en provoquent les grandes épouvantes ?
Ou la spéculation d'un marché de l'apocalypse empressé de rafler les derniers dividendes ?
Ou un consentement las ?
Ou le désir du pire, celui-là même qui nous jetait sur ce tissu d'abjections qu'étaient les réseaux sociaux, celui-là même qui poussait les peuples à désirer les despotismes ?
Ou une glissade suicidaire vers l'horreur sans rien à quoi se raccrocher ?
Ou déchaînerait-elle chez les derniers humains, foutus pour foutus et devenus des fauves, la tentation de jouir de la catastrophe finale encore plus cruellement, encore plus cyniquement, encore plus sauvagement et encore

plus épouvantablement qu'ils ne l'avaient fait jusque-là en envoyant valser les dernières barrières morales qui restaient debout, vacillantes mais debout ?

Et à supposer que ce monde, dans un ultime soubresaut, continuât d'exister, la vie qu'il proposerait serait-elle encore une vie ? Ou ressemblerait-elle à celle de Ryan Gosling dans *Blade Runner 2049* ?

Autant de questions que *L'Homme qui marche* et ses amis logés dans ma maison intérieure se posaient, me posaient, la nuit, avant qu'ensemble nous disparussions dans nos rêves pour y rencontrer nos morts et nos vivants.

Il m'arrivait quelquefois d'essayer d'en parler avec ma rose Rose, ou avec Bernard, Alain et quelques autres. Mais à force qu'on m'accusât de verser du noir sur l'avenir, à force qu'on me qualifiât de rabat-joie – ce mot n'existe pas au féminin, je le réclame ! – dès lors que témérairement je levais ces questions – car il fallait une certaine témérité ou plutôt une certaine connerie pour le faire –, je finis par les ranger dans l'un des placards de ma maison intérieure, et j'en fermai la porte à triple tour.

Pour la nouvelle année, Bernard m'offrit un arbre. J'oubliai ma visite au musée et les perplexités dans lesquelles j'avais chaviré cette nuit-là et celles qui suivirent.
Je les oubliai comme si elles n'avaient jamais existé (combien d'événements s'effacent-ils ainsi que nous pensions inoubliables ? combien d'histoires d'amour ? combien de livres aimés ? combien de souvenirs jetés dans le puits de la mémoire ? combien d'abîmes entrouverts et presque aussitôt refermés ?). Et toutes les questions qui m'avaient alors occupé l'esprit et qui me semblaient capitales s'épuisèrent d'elles-mêmes.
Un jour de janvier, Alina me demanda où en était mon projet. Je lui avouai qu'après avoir tenté d'en écrire quelques pages, je l'avais

abandonné, qu'il était mort pour moi, mangé par la nuit, et je ressentis en le disant un immense découragement et une forme de regret. Je n'avais pas su, je n'avais pas pu écrire mon lien à *L'Homme qui marche.* Et les quelques notes que j'avais prises iraient rejoindre le tombeau des livres avortés.

C'est alors qu'il me vint à l'esprit une *pensée-issue*, comme je les appelle. Il me vint à l'esprit que l'art, ses beautés, son pouvoir, ses énigmes n'étaient sans doute pas à usage strictement personnel ; que l'art, ses beautés, son pouvoir, ses énigmes n'avaient probablement de sens que *partagés*, j'ose à peine écrire ce mot tant il s'est galvaudé à passer par trop de bouches, le partage en-veux-tu-en-voilà, le partage à toutes les sauces, le partage jusqu'à la satiété, le partage jusqu'à la nausée, le partage déclamé avec d'autant plus de lyrisme que les actes le nient, essayez d'emprunter dix euros à un chantre du partage, pour voir.

Mais de quel partage parlons-nous me demandai-je, lorsque nous prononçons aujourd'hui ce mot qui eut sans doute un sens avant d'être dévoyé ? Du partage d'un soir célébré par la Fête des voisins

qui la plupart du temps s'entredétestent ? du sempiternel vivre-ensemble que nous fourguent les politiciens à court de boniments nous exhortant à adhérer aux mêmes certitudes et aux mêmes identités bien refermées sur elles-mêmes ? du partage de la haine ô combien revigorante ? du partage de la peur dont l'insigne vertu est de rassembler le troupeau ? du partage de la connerie nationale ? ou des trois réunis qui portent le nom que vous savez ?
Ou bien celui plus engageant de l'être-ensemble des philosophes, déf. du dictionnaire : qui aurait le pouvoir de nous révéler à nous-même tout en nous amenant à créer avec d'autres de nouvelles conditions qui ouvrent à la joie et à tout l'inexploré. Pas facile !
Je raturai le mot partage et reformulai ma pensée. L'art, écrivis-je, était indissociablement un transport en commun et un transport intime, ce qui me plût sur le moment et me surprît car j'étais dépourvue d'esprit, chaque fois que je tentais de donner un tour humoristique à mes propos, mes saillies s'enlisaient. (J'aurais à coup sûr fait piètre figure dans les salons de cet hôtel, au XVIIe, devant le maître

des lieux, Pierre Aubert de Fontenay, lequel m'aurait auscultée de bas jusqu'en haut avant de déclarer d'une bouche badine : *Elle a l'air bien modeste*. Me serais-je assez lamentée sur le sujet ?)

Puis je rereformulai ma pensée et écrivis que son usage – mais ce mot d'usage ne me convenait pas – n'était ni seulement en nous, ni seulement hors de nous, mais peut-être entre les deux, notai-je, sans parvenir à être plus explicite. Une échappée entre les deux et vers le haut, précisai-je, sans bien comprendre ce que je voulais dire.

Sur ce, je me promis de revenir au musée Picasso, le plus banalement du monde, un jour de la semaine où le musée serait démocratiquement ouvert à tous.

Je pourrais peut-être ainsi accéder à mon rêve : celui de vérifier mon appartenance consolante à une communauté d'hommes et de femmes mus par le même désir de choses admirables et réunis un court instant par le pouvoir d'une œuvre,

je veux dire par quelque chose de puissant et d'énigmatique comme la partition d'une musique inconnue, quelque chose d'irréductible à ce qui était montré, quelque chose de peu parfois, et de démesuré d'autres fois, quelque chose d'ouvert et qui souvent déconcertait – c'était toujours mon rêve que j'évoquais –, quelque chose d'une inconditionnelle hospitalité à tous, j'ai bien dit à tous, qui ouvrait des issues de secours et redonnait vie à la vie, à la vie qu'on osait à peine, certains jours, appeler la vie, à la vie qu'on avait en partie désertée, à la vie qui n'était plus tout à fait la nôtre mais que par lassitude on prenait pour nôtre,

par quelque chose qui arrachait cette vie à ses couches d'habitudes et de pensées conformes, qui l'arrachait à son ennui, qui l'arrachait à son bornage, qui l'arrachait à ses bâillons, qui l'arrachait à ses semblants, qui l'arrachait à ses petites peurs, qui l'arrachait à ses petites peurs pour lui en refiler de plus grandes, qui l'agrandissait donc et qui la rechargeait et lui foutait le feu magnifiquement et la rendait encore plus passionnante que l'art qui l'avait révélée à elle-même,

une communauté d'hommes et de femmes – je rêvais toujours – saisis et parfois empoignés

dans une troublante et fraternelle égalité face aux œuvres, une égalité à s'émouvoir par le corps et par l'âme, loin des hiérarchies de savoirs, des hiérarchies sociales et des brevets qu'elles décernent, loin très loin des spéculations sur l'art devenu aujourd'hui l'investissement le plus ennoblissant et le plus juteux, et portés (ces hommes et ces femmes) par l'espoir fragile que pouvaient naître encore, et grâce aux œuvres d'art, des fulgurations, des douceurs bouleversantes, des visions de nous-mêmes dont nous ne pouvions nous détourner, des évidences immédiates, des espaces soudainement élargis, des remises en question du monde, et des éclats de beauté pouvant nous consoler de notre désarroi, de notre insignifiance et de ce temps gâché à vivre loin de soi.
Je pourrais déclarer alors, dans un élan d'optimisme qui ne m'était pas coutumier, que rien ne valait l'art.

C'est ce que j'entrepris de faire quelques mois après.

Le vendredi 2 février 2018, je me rendis au musée Picasso visiter l'exposition *Picasso érotique* qui était ouverte à tous.
Languissant dans la file d'attente, je me dis une fois de plus que je n'aimais pas les musées et faillis faire demi-tour.
Non, décidément, je n'aimais pas les piétinements interminables auxquels ils obligeaient, je n'aimais pas leurs parcours fléchés et les œuvres exposées aussi vite vues qu'oubliées, je n'aimais pas la présence morne des troupeaux visiteurs (visiter Disneyland après Notre-Dame était franchement exténuant), leur déambulation placide, l'absence en eux de tout pétillement, de tout embrasement, de toute joie, y avait-on jamais vu quelqu'un rire aux éclats ? ou sauter d'allégresse ? ou hurler son angoisse devant *El Perro hundido* de Goya ? Cette placidité venant annuler en quelque sorte la puissance qui émanait des œuvres, et celles-ci, par un phénomène mimétique encore mal élucidé et qui demanderait un examen sérieux, celles-ci s'affadissant et devenant à leur contact inoffensives et molles, je l'avais vérifié maintes fois.

Non, une fois pour toutes, je n'aimais pas les musées. La pénible promiscuité à laquelle ils forçaient, les commentaires chuchotés que je ne pouvais pas manquer d'entendre, la honte juvénile (juvénile !) d'y être surprise dans l'émotion de voir et d'en jouir, toutes ces choses m'insupportaient.

Derrière moi, un homme d'une soixantaine d'années expliquait à sa voisine qu'il avait subi une opération des deux genoux désormais en titane, laquelle lui avait permis de retrouver l'usage de la marche mais non celui de la course, ce qu'il regrettait follement car il avait été dans sa jeunesse un coureur hors pair. Devant moi, une jeune femme paya les onze euros de son entrée en pièces de dix et vingt centimes sans que la guichetière se départît de son calme. Lorsque ce fut mon tour, celle-ci m'indiqua que seuls le RDC et le premier étage étaient visitables, l'accès aux deuxième et troisième étages étant interdits pour cause d'accrochage.

Je pénétrai dans les salles du bas. La foule était dense. De nombreux Espagnols, ce jour-là, s'y pressaient et je fus enchantée d'entendre cette

langue dont la mort de ma mère m'avait cruellement privée.
L'univers où j'entrai me sembla à des milliers de kilomètres de celui de ma nuit devant *L'Homme qui marche.*
Aux murs, des portraits de femmes alanguies, lascives, rêveuses, abandonnées ou endormies, des femmes aux corps larges, voluptueux innocents, intenses, des corps d'une grande santé, accueillants, vigoureux, exempts de remords et de secrets sales, des corps épanouis aux seins généreux, aux hanches pleines, et prodigues en couleurs, vert, bleu, jaune, rouge, des couleurs bien plus belles que celles de la vie réelle.
Des portraits de femmes qui se donnaient à vous, comme se donne à l'aimé son amante amoureuse.
Des portraits de femmes au visage et au corps heureux, au visage et au corps jouissant.
Car jouir, pour Picasso, c'était gagner sur la mort.
Car Picasso voulait gagner sur la mort qu'il tenait dans un mépris total. Et cela me plaisait.
Il disait La mort est inadmissible. La mort n'est en rien une aventure, c'est une mauvaise rencontre qui finit toujours mal. Et cela me plaisait. Cela me fortifiait. Cela me confortait dans

l'idée que non non et non je ne me ferais jamais à l'idée de mourir. Je m'étais laissé convaincre du contraire, je m'étais laissé démonter (j'étais, sur le sujet, facile à démonter, et même facile à abattre). Il était temps que je me ressaisisse.

Picasso disait que concevoir la vie dans son rapport à la mort afin de la rendre précieuse, concevoir la vie comme rehaussée par la mort ainsi qu'on s'y complaisait depuis la nuit des temps, n'était que pleurnicherie et perte de temps. Il laissait cette bluette aux geignards et aux faux grands esprits, qui étaient légion.

Il disait J'ai bien mieux à faire que de penser à elle et de me faire peur en invoquant le néant immobile et muet.

Il disait Je n'avancerai pas d'une seconde l'heure de son RDV.

Il disait La mort est le suprême échec. La mort est le suprême affront. Non c'est moi qui l'invente mais il aurait pu le dire.

Il aurait pu dire aussi C'est être grand que se savoir immortel. Du reste, les hommes ne mouraient pas d'être mortels, ils mouraient de le croire. Ils mouraient parce qu'on les tuait, parce qu'ils se tuaient, rien d'autre.

Les hommes avaient le tort de s'imaginer qu'ils étaient « nés pour mourir », comme le disaient les paroles d'un chant nazi dans l'intention immonde de pousser des jeunes gens à courir au massacre, en chantant.

Les hommes se persuadaient qu'ils étaient nés pour mourir, pire encore, ils avaient fini par fabriquer de leurs propres mains les instruments pour faire mourir leur monde en même temps qu'eux-mêmes.

Picasso révoquait impérieusement cette idée inutile.

Les animaux, qui ne font rien d'inutile, ne méditent pas sur la mort, disait Picasso citant Valéry.

Picasso demandait à Jacqueline qu'elle ôtât de sa vue le cadavre de mésange qui gisait dans la cage à oiseaux. Qu'elle ôtât de sa vue ce qui crevait et pourrissait ! Et qu'on laissât aux peureux, aux soumis, aux esclaves, aux morts vivants, leur goût abject pour le morbide. Qu'on leur laissât l'art de la mort plutôt que l'art de vivre. Qu'on leur laissât leur désir de mourir, puisque c'est cela qu'ils souhaitaient dans le tréfonds d'eux-mêmes. Car mourir pour eux c'était en finir avec

ces emmerdes qu'on appelait la vie, les emmerdes qu'on appelait la vie leur sortaient par les yeux, les emmerdes qu'on appelait la vie constituaient ce qu'ils redoutaient plus que tout au monde, bon débarras la vie, et Viva la muerte comme avait déclaré l'Espagnol infâme dont je ne peux même pas écrire le nom.
La mort brandie comme alibi pour éviter de vivre. Basique.
La mort brandie à seule fin de rabattre la joie, à seule fin d'infuser une impuissante tristesse à l'intérieur des âmes et amoindrir ainsi nos forces de vivre et penser. Les prêtres le savaient parfaitement qui invoquaient pour nous soumettre le fait que nous n'étions que de pauvres mortels et qu'ils avaient, devant pareil malheur, un remède miracle appelé paradis, tu parles.
Picasso avait *deux fois vainqueur traversé l'Achéron* et regardait de haut ces vaines consolations sur l'inuctabilité de la mort à laquelle lâchement, docilement, le monde se pliait. Lui l'écartait d'un revers de la main. La congédiait comme on le fait d'une mouche, Allez coucher la mort !
Il la chassait d'autant plus aisément qu'aucun manque ne lui était nécessaire pour regarder la

vie, sa vie, ses bagarres pour la garder vivante, ses amours, ses femmes, leurs formes, la baise, les couleurs, toutes les couleurs et leurs conversations et quelquefois leurs noces, regarder toutes ces choses comme infiniment précieuses, et le fait de les peindre comme une jouissance en soi. Et ça me plaisait et ça me faisait du bien.

Aux murs, des visages et des corps de femmes traversés par une vitalité rayonnante et que Picasso traçait, semble-t-il, en quelques gestes, sans peine, sans effort, *alla prima*, porté par un élan qui était l'exact contraire de l'horrible travail, et vite parce que le temps était un furieux et qu'il lui fallait, aussi, le vaincre.

Il les peignait d'un mouvement qui ne tremblait pas, d'un mouvement affirmé, amoureux, conquérant et d'une aisance presque divine. Il les peignait à la barbe des tâcherons et besogneux de tous poils, mais surtout à la barbe des tâcherons et besogneux de l'art, qui sont, de tous, les plus à plaindre. Pensait-il à Giacometti, son immense rival ?

Et il ouvrait grand ses yeux pour embrasser, à tous les sens du mot, plusieurs visions du corps des femmes prétendument incompossibles, et ne choisir que l'essentiel, au nom de cette économie des formes qu'il prônait comme étant le meilleur contrepoison aux choses vagues et entortillées, qu'il haïssait.

Picasso ouvrait ses yeux sur ces femmes désirées, ses yeux habiles à extirper les ronces de l'esprit lesquelles entravent la vision et empêchent de voir, c'est-à-dire de penser. Car les yeux pensent aimait à répéter Picasso, qui avait possiblement entendu cette phrase d'un autre.

Et en ouvrant ses yeux, Picasso, en quelque sorte, nous obligeait à notre tour à ouvrir les nôtres. Il les désengluait.

Picasso ouvrait mes yeux et les yeux de ceux qui, par crainte d'affronter la jouissance de voir, cette *concupiscentia oculorum* tant redoutée d'Augustin, se débinaient et regardaient ailleurs, et des aveugles en grand nombre que les images laides qui envahissaient l'espace avaient dégoûtés ou endurcis (images laides d'autant plus proliférantes que les hommes avaient de moins en moins leur mot à dire, pris qu'ils étaient dans une folie d'informations en continu pour rien).

Il ouvrait les yeux des hommes dont les paupières se fermaient au moindre éclat, ceux-là

mêmes chez qui le refus apeuré de percevoir la beauté aussi bien que l'horreur s'était mué depuis longtemps en habitude d'être.
Il ouvrait leurs yeux obstrués. Leurs yeux éteints, il les allumait. Afin que, passé le choc premier de voir, viennent la joie, la délectation, celle des sens et de l'esprit qui sont une seule et même chose. Et afin que chacun puisse se réapproprier le goût malmené et souvent délaissé pour la beauté, celle des femmes, des hommes, des bêtes, des arbres, des fleurs, des herbes... celle du monde.
Ce jour-là, au musée Picasso, la joie des visiteurs, la délectation de leurs sens et de leur esprit étaient tangibles et contagieuses. Pas une trace de maussaderie ou d'amertume sur les visages, mais des sourires, des commentaires drôles : Elle a du nez !, des exclamations rieuses : Elle a les yeux derrière la tête comme moi quand je fais cours ! et le regard enfant de ceux qui retrouvent le chemin qui les mène simplement à s'émerveiller des choses qu'ils découvrent.

Je quittai le musée le cœur léger et réjouie comme je le suis rarement.

L'art ne valait rien sans doute. L'art était infoutu de changer le monde et le monde en nous. L'art était infoutu de stopper sa course vers un désastre que nous refusions de voir. L'art était infoutu de rendre bons les méchants. L'art était infoutu de contrer les puissances meurtrières, de renverser un ordre où la finance décidait férocement de la valeur de tout, et de lever les peuples qui subissaient les tyrannies les plus infâmes. L'art s'avérait impuissant à conjurer la haine, la vengeance, le ressentiment et toutes les passions tristes qui prospéraient à notre époque et qui lentement dépravaient nos esprits. L'art ne parvenait en rien à nous défendre de cette laideur qui nous cernait et qui nous pénétrait, ni à nous détourner des divertissements médiocres qui avilissaient nos cœurs. L'art ne pouvait rien, en somme, contre le fait que vivre faisait mal.

Néanmoins une chose était sûre : il arrivait que l'art ajoutât à nos joies et notre faim de vivre, il arrivait qu'il défiât souverainement la mort ou qu'implacablement il nous la rappelât, il arrivait qu'il aiguisât notre refus d'un monde où nos corps étaient formatés tout autant que nos âmes, il arrivait qu'il exaltât notre goût de l'impossible lorsqu'on nous intimait de ne plus l'espérer et qu'il réanimât notre goût de l'inutile quand partout prévalait l'esprit des fins utiles, il arrivait qu'il fît rejaillir notre désir increvable de rêver et d'être libres sans lequel nous ne pouvions vivre, et qu'il nous redonnât le goût oublié des couleurs tant aimées dans l'enfance, surtout la rouge, le goût pour les figures et les objets, pour leur matière et leur lumière, pour la beauté des choses offertes et simples qui étaient en ce monde et que nous ne savions voir.

L'art ne valait rien sans doute mais rien ne valait l'art.

Collection
Ma nuit au musée
dirigée par Alina Gurdiel

Merci à Laurent Le Bon, président du musée Picasso, qui a eu l'audace et l'enthousiasme qu'il fallait pour accepter d'enfermer un écrivain, de nuit, dans son musée. Un rêve un peu fou, et que sa gentillesse et son énergie ont permis de réaliser.

Merci aussi à ses équipes, qui ont tout mis en œuvre pour accueillir ces visiteurs du soir, notamment aux vigiles qui les ont accompagnés dans leurs déambulations silencieuses et ont même veillé sur leur sommeil au milieu des œuvres du maître Picasso.

Et merci aux Éditions du Seuil, et plus particulièrement à Hugues Jallon et Olivier Betourné, pour leur amical soutien.

MuséePicassoParis

DU MÊME AUTEUR

(suite)

Portrait de l'écrivain en animal domestique, Seuil, 2007, Points n° 2121

Petit traité d'éducation lubrique, Cadex, 2008, Points n° 2016

BW, prix François Billetdoux, Seuil, 2009, Points n° 2886

Hymne, Seuil, 2011, Points n° 2885

7 femmes, Perrin, 2013, Points n° 3342

Pas pleurer, prix Goncourt, Seuil, 2014, Points n° 4143

Tout homme est une nuit, Seuil, 2017, Points n° 4894

Cet ouvrage a été composé
par Nord Compo à Villeneuve-d'Ascq (Nord)
et achevé d'imprimer
par Grafica Veneta, 35010 Trebaseleghe
pour le compte des Éditions Stock
21, rue du Montparnasse, 75006 Paris
en avril 2019

Imprimé en Italie

Dépôt légal : avril 2019
N° d'édition : 05
71-07-7797/2